W0307019

LE COLLÈGE LOVECRAFT

PROFESSEUR GARGOUILLE

Charles Gilman est le pseudonyme de Jason Rekulak, un éditeur qui vit à Philadelphie avec sa femme et ses enfants. Quand il n'invente pas les histoires du collège Lovecraft, il se promène à vélo sur les rives fétides de la Schuykill, à la recherche de rats à deux têtes et autres monstruosités.

Ce livre est dédié à Sam

© 2012, Quirk Productions, Inc
Tous droits réservés
Ouvrage publié originellement sous le titre *Professor Gargoyle*
par Quirk Books, Philadelphie, Pennsylvanie.
Les droits de ce livre ont été négociés par l'intermédiaire de l'agence littéraire
Sea of Stories, www.seaofstories.com, sidonie@seaofstories.com

© 2021, Bayard Éditions pour la présente édition
© 2015, Bayard Éditions pour la traduction française
18, rue Barbès, 92128 Montrouge Cedex
ISBN : 979-1-0363-1888-7
Dépôt légal : avril 2021
Première édition

Imprimé en Chine par Toppan
Loi n° 49-956 du 16 juillet 1949 sur les publications destinées à la jeunesse.
Reproduction, même partielle, interdite.

CHARLES GILMAN

LE COLLÈGE LOVECRAFT

PROFESSEUR GARGOUILLE

Traduit de l'anglais (États-Unis)
par Marie Leymarie

bayard jeunesse

- 1 -

Matteo était entouré d'inconnus.

Il se tenait à l'entrée du collège Lovecraft et regardait défiler les élèves, à la recherche d'un visage familier. Tout le monde discutait, les plus jeunes plaisantaient, riaient et chahutaient. Mais Matteo ne reconnaissait absolument personne.

Pendant l'été, la carte scolaire de son quartier avait été modifiée. Ce qui signifiait, en clair, que tous ses anciens amis avaient été affectés au collège Franklin, au nord de la ville, tandis que lui, inexplicablement, se retrouvait à Lovecraft, au sud.

Sa mère lui avait dit qu'ils n'avaient pas voix au chapitre; c'était une pure question de hasard.

– Mais je suis sûre que tu t'y plairas, avait-elle assuré. Des millions de dollars ont été investis dans ce collège. Il est flambant neuf. Hyper moderne. Avec une piscine, des tableaux numériques, et j'en passe... C'est une chance incroyable!

Matteo n'en était pas si sûr. Il aurait bien troqué la piscine et les tableaux contre la chance d'être avec ses amis. Il se posait des centaines de questions: Avec qui déjeunerait-il à midi? Et s'il ne réussissait pas à ouvrir son casier? N'y avait-il vraiment personne de son ancienne école?

Près de l'entrée principale, un grand panneau d'affichage numérique annonçait:

BIENVENUE À TOUS!
RENDEZ-VOUS AU STADE
POUR LA CÉRÉMONIE D'INAUGURATION!

Il aurait sans doute été plus rapide de traverser l'édifice, mais Matteo n'était pas pressé. Il prit son temps et contourna les bâtiments, impressionné par la vitesse à laquelle ils avaient surgi de terre.

Six mois plus tôt, il n'y avait là que des champs à l'abandon, couverts de mauvaises herbes, de flaques de boue et de buissons pleins d'épines. À présent se dressait face à lui un bâtiment de trois étages, entouré de courts de tennis, d'un terrain de base-ball et d'une vaste pelouse verte et dense.

Lorsque Matteo arriva au stade, les gradins étaient déjà noirs de monde : élèves, professeurs, parents, journalistes – toute la ville s'était déplacée pour assister à l'inauguration. Toute la ville, sauf la mère de Matteo, infirmière, qui travaillait dans l'équipe du matin à l'hôpital de Dunwich. La plupart du temps, elle était déjà partie quand il se réveillait et elle ne participait donc que rarement aux réunions ou aux sorties scolaires. Il avait souvent regretté son absence... mais, ce matin, il était plutôt soulagé. Ça l'aurait gêné d'être accompagné par sa maman. Tous les autres étaient assis avec leurs amis.

Matteo remonta les gradins jusqu'à mi-hauteur et se faufila entre deux groupes de filles qui n'arrêtaient pas de pouffer. Il s'efforça de leur sourire.

Pas une ne lui répondit.

La cérémonie avait déjà commencé. Le maire remerciait le gouverneur, qui se leva et remercia à son tour l'association des professeurs. Les professeurs se mirent alors debout et remercièrent la fédération des parents d'élèves. Puis les parents applaudirent et remercièrent la principale du collège, Mme Slater.

Celle-ci coupa enfin le long ruban vert avec une paire d'énormes ciseaux. Au même instant, le ciel s'assombrit et un grondement de tonnerre éclata.

Étrange, pensa Matteo. Une minute plus tôt, le ciel était ensoleillé et parfaitement dégagé. Et tout à coup on aurait dit qu'il allait pleuvoir.

Heureusement, la cérémonie touchait à sa fin. Clou du spectacle : un numéro spécial de la fanfare du lycée de Dunwich avec tambours, cuivres et pom-pom girls qui agitaient des drapeaux. Ils paradèrent autour du terrain en jouant l'hymne national des États-Unis.

Matteo jeta un regard par-dessus son épaule, plissant les yeux pour scruter les visages. Il y avait au moins quatre cents élèves dans ce stade. Tôt ou tard, il finirait bien par trouver une tête connue...

Soudain, il se figea.

C'est pas vrai...

Il n'aurait pas pu tomber plus mal. Il se retourna immédiatement.

Trop tard. Il était repéré.

– Hé, Matteo Debb, c'est toi ? Matteo ?

Glenn Torkells. Il connaissait une seule personne dans tout le collège et il fallait que ce soit la brute qui le persécutait depuis des années.

– Matteo ! Tu es devenu sourd ?

Aucun doute possible, c'était bien Glenn Torkells.

Matteo fit celui qui n'avait rien entendu. Sa mère lui répétait souvent d'ignorer les brutes et d'attendre qu'elles se lassent. *Facile à dire.*

– Je sais que c'est toi, Matteo. J'ai une excellente mémoire, je n'oublie jamais un visage !

Une chose gluante atterrit sur sa nuque. Il l'attrapa du bout des doigts et découvrit un bonbon en forme de ver, à moitié mâchouillé.

– Retourne-toi ! Regarde-moi !

Matteo savait que, tôt ou tard, Glenn obtiendrait ce qu'il voulait. Il ne chercha pas à lutter. Il s'exécuta et reçut un nouveau ver sur le front.

Glenn éclata d'un rire bruyant.

– Ha, ha ! En plein dans le mille !

Il était assis deux rangées derrière Matteo. Il avait à peine changé depuis l'école primaire – il était juste plus grand. Il portait la même veste militaire kaki et le même jean crasseux. Ses cheveux blonds, plaqués sur son front, donnaient l'impression qu'il les avait coupés lui-même avec des ciseaux émoussés. Il avait toujours été le plus grand de la classe, mais, en un été, il s'était métamorphosé en Incroyable Hulk.

– Qu'est-ce que tu veux ? demanda Matteo.

Glenn enfourna un ver dans sa bouche et se mit à le mastiquer.

– Taxe du minus. Aboule.

Matteo soupira. Glenn lui soutirait la « taxe du minus » depuis le milieu du CM1. C'était une amende d'un dollar qu'il lui infligeait pour les « infractions » les plus diverses : parce qu'il avait trébuché ou bégayé, parce qu'il portait des pantalons moches... ou tout autre « crime » de son invention.

Matteo regarda autour de lui dans l'espoir qu'un professeur intervienne. Ce n'était jamais arrivé dans son ancienne école, mais il pensait qu'ici, au collège Lovecraft, ce serait peut-être différent.

Peine perdue. Tous les yeux étaient tournés vers la fanfare. Les filles qui l'entouraient discutaient entre elles.

– Dépêche, Matteo Débilo, dit Glenn. Tu crois que t'es le seul dans ce collège à me devoir de l'argent ?

Le matin même, la mère de Matteo lui avait donné une rallonge de cinq dollars pour fêter son premier jour de collégien.

Il sortit l'un des billets et le tendit à Glenn. Son persécuteur secoua la tête et sourit, montrant ses dents constellées de morceaux de bonbons.

– À partir d'aujourd'hui, ça sera *deux* dollars. On n'est plus des gamins, quoi !

-2-

Lorsque la fanfare eut fini de jouer, la principale, Mme Slater, envoya les élèves rejoindre leur classe.

Alors que les tribunes se vidaient, Matteo se faufila à travers la foule, prenant soin de distancer Glenn Torkells.

Il remarqua alors une fille qui se dépêchait elle aussi.

Une fille qui le regardait.

Elle était petite et menue, vêtue d'un tee-shirt blanc et d'un jean bleu, et elle portait sous le bras un vieux skate tout usé. Ses cheveux bruns tombaient sur ses épaules et une dizaine de bracelets dansaient autour de ses poignets. Elle lui sourit, révélant une rangée de bagues métalliques.

– Tu as des vers dans les cheveux, lui dit-elle.

– Pardon ?

– Des bonbons.

Matteo porta la main à ses cheveux et les secoua.

– Merci...

– Il faut que tu te défendes !

– Contre qui ?

– Tu sais bien qui.

Matteo rougit. Qu'y avait-il de plus embarrassant que de se faire humilier par une brute devant une jolie fille ?

– Glenn est mon ami, se dépêcha de préciser Matteo. C'est un jeu entre nous. Je lui devais deux dollars, de toute façon.

– Il a parlé d'une taxe du minus.

– Justement, ça fait partie du jeu.

Il vit bien qu'elle ne le croyait pas.

– Je suis Karina, se présenta-t-elle. Karina Ortiz.

– Et moi, Matteo Debb.

– Je sais. Je l'ai entendu te racketter.

– Ce n'était pas du racket !

– Un ami ne vous jette pas des bonbons mâchouillés dans les cheveux, affirma-t-elle. J'étais là. J'ai tout vu !

– Bah, la prochaine fois, tu ferais mieux de t'occuper de tes affaires !

Il avait parlé plus fort qu'il ne l'aurait voulu. Elle leva les mains devant elle, comme s'il venait de la menacer avec ses poings.

– C'est bon ! J'ai cru bêtement que t'avais besoin d'un ami !

Elle laissa tomber son skate sur l'asphalte, se propulsa avec une jambe et s'éloigna rapidement, zigzaguant entre les élèves avec une précision et un sens de l'équilibre impressionnants.

Dès qu'elle fut partie, Matteo regretta son attitude. Il aurait aimé s'excuser, pouvoir effacer ce qu'il venait de dire. Mais c'était trop tard. Karina était la première personne sympa qu'il rencontrait au collège Lovecraft, et il avait réussi à la faire fuir.

Il suivit la foule des élèves dans les escaliers, pris dans un tourbillon de couleurs, de bruit et d'excitation.

En lieu et place des tableaux d'affichage, les couloirs de Lovecraft étaient équipés de grands écrans LCD qui passaient en permanence des annonces animées pour les inscriptions au club de foot ou à la chorale. Des rangées de casiers métalliques au design moderne couvraient les murs ; des écrans tactiles à dix touches remplaçaient les anciennes serrures à combinaison. Tout le long du couloir, des élèves étaient occupés à ranger leur sac à dos et leur casse-croûte.

Matteo avança jusqu'à son casier – le A119 – et tapa le code qu'il avait reçu par la poste. Chaque touche émit un petit bruit agréable, puis la porte s'ouvrit tout en douceur.

Un peu plus loin, une fille poussa un cri, mais Matteo n'y prêta pas attention : les filles de onze ans avaient l'habitude de crier pour un oui ou pour un non.

Son nouveau casier était séparé en deux par une étagère métallique : une grande partie avec un crochet pour son manteau et, au-dessus, une petite case, située à hauteur de l'aération, où il pourrait ranger son sandwich.

Soudain, il cligna des yeux.

Juché sur l'étagère, un gros rat blanc remuait le bout du nez.

Une autre fille cria, puis une autre, et une autre encore. « Dégagez le passage ! », ordonna un professeur. Matteo sentit un frôlement contre ses jambes. Alors qu'il trébuchait en arrière, le gros rat blanc bondit, atterrit sur sa poitrine et grimpa sur son épaule.

– Enlevez-moi ça ! hurla quelqu'un.

– Là, un autre !

– J'en ai un sur la tête !

D'autres rats se faufilaient entre les jambes de Matteo. Ils étaient des dizaines à foncer dans les baskets des élèves, couinant et grinçant des dents.

Jusque-là, la vie de Matteo avait été un long fleuve tranquille. Comme des milliers d'autres garçons de onze ans, il passait ses journées à l'école, et ses soirées sur son ordinateur. Rien ne l'avait préparé à affronter une invasion de rats affolés.

Pourtant, alors que tout le monde autour de lui perdait la tête, Matteo garda son calme. Il comprit qu'il n'avait que deux possibilités : soit il paniquait et se mettait à crier comme les autres, soit il restait immobile, dans l'espoir que les rats se dirigent vers la sortie la plus proche.

Et c'est exactement ce qui se produisit. La horde atteignit les portes ouvertes au bout du couloir et se dispersa sur la pelouse verte et dense qui entourait le collège. Les élèves se précipitèrent aux fenêtres pour les regarder, abasourdis.

– J'y crois pas, dit un garçon à côté de Matteo. Ils ont dépensé des milliards pour construire ce collège et il est déjà envahi par les rats ? Comment c'est possible ?

Bonne question, pensa Matteo.

Il s'agenouilla afin d'examiner l'intérieur de son casier. Les parois métalliques étaient intactes ; il n'y avait ni fente, ni fissure, ni trou. Pas le moindre interstice où un rat aurait pu se faufiler.

Matteo s'attendait à ce que le collège lui réserve des surprises, mais, là, ça dépassait toute mesure.

-3-

La journée n'était pas finie, et le plus étrange était encore à venir...

La plupart de ses enseignants se révélèrent très gentils. Le professeur d'histoire américaine promit de les emmener à Philadelphie visiter le Centre de la Constitution nationale. Celle de maths leur donna une astuce géniale pour additionner de grands nombres sans calculatrice ni stylo. Tous leur vantèrent les mérites du collège. Ils leur apprirent que Lovecraft était l'école la plus écologique de toute la côte Est et que la plupart des bâtiments avaient été construits à partir de matériaux recyclés. Matteo eut l'impression que c'étaient de bons enseignants, fiers de travailler dans un bon collège.

Puis il se rendit en cours de sciences.

Dès qu'il entra dans la salle, il aperçut Glenn Torkells assis à l'autre bout. Il baissa discrètement la tête et s'installa près de la porte.

Il n'y avait pas le moindre professeur en vue. Pour tuer le temps, les élèves observaient la salle de classe, qui ressemblait au laboratoire d'un savant fou : des étagères croulaient sous les fioles, les béchers et les éprouvettes ; un squelette humain plus vrai que nature était exposé et, au fond, une dizaine d'aquariums et de vivariums abritaient des poissons tropicaux, des lézards, un hamster...

Lorsque la sonnerie retentit, le professeur n'était toujours pas arrivé. Les élèves continuèrent à bavarder, mais l'atmosphère changea. De toute évidence, quelque chose clochait.

Matteo vérifia son emploi du temps.

COURS 7 : SCIENCES
MME KINSKI – SALLE 113

Il était bien dans la salle indiquée, à l'heure dite. Mais où était Mme Kinski ?

Sa voisine de gauche l'interpella.

– Tu devrais aller voir la principale pour lui dire qu'on n'a pas de prof.

– Moi ? s'étonna Matteo.

– Ne l'écoute pas, intervint sa voisine de droite. Elle adore commander tout le monde.

– Pas du tout !

– Si.

Matteo tourna la tête de gauche à droite. Puis de droite à gauche. Ses voisines avaient toutes deux le teint pâle et de longs cheveux roux. Elles se ressemblaient comme deux sœurs.

Comme deux gouttes d'eau, pour tout dire.

– Attendez... vous êtes...

– Jumelles, répondirent-elles dans un soupir, fatiguées qu'on leur pose toujours la question.

– Cool, dit-il, impressionné. Moi, c'est Matteo.

Les jumelles ne daignèrent pas se présenter.

Soudain, la porte de la classe s'ouvrit toute grande. Matteo leva les yeux, s'attendant à voir Mme Kinski... et découvrit un homme âgé, grand et noueux, vêtu d'un costume et d'une cravate. Il paraissait surpris de se retrouver face à une classe remplie d'élèves. Ses yeux bleus et froids parcoururent méthodiquement la salle, inspectant chaque table. Il ne cligna pas une seule fois des paupières.

– Bonjour, déclara-t-il enfin d'une voix profonde et enveloppante. J'espère que vous me pardonnerez mon retard.

Il avança d'un pas lourd et laissa tomber son cartable en cuir usé sur le bureau. Puis, sans un mot, il se tourna vers le tableau, prit une craie et se mit à écrire :

Rattus norvegicus
Règne : *Animalia*
Phylum : *Chordata*
Classe : *Mammalia*
Groupe : *Rodentia*

Matteo le regarda avec stupeur, tout comme le reste de la classe.

– Excusez-moi ?

Le professeur pivota sur lui-même.

– Oui, jeune homme ?

Matteo regretta instantanément d'avoir ouvert la bouche, mais il fallait bien que quelqu'un se dévoue.

– Et Mme Kinski ?

– Kinski ? répéta le professeur, le fixant sous ses sourcils broussailleux. Kinski, Kinski... Ce nom me dit quelque chose...

Matteo brandit sa feuille d'emploi du temps.

– Elle était supposée nous faire cours. Ici. Salle 113.

– Ah oui, la remplaçante ! Bien sûr ! Mme Kinski était chargée d'assurer mes cours le temps que je... euh... me rétablisse. De ma maladie. Mais, ainsi que vous pouvez le constater, je vais parfaitement bien. Nous nous passerons donc de ses services. Je suis M. Garfield Gouille et je suis votre professeur de sciences.

Matteo avait croisé un certain nombre de profs bizarres au cours de ses années d'écolier, mais celui-là les battait tous à plates coutures. Sans même prendre la peine de faire l'appel, M. Gouille se tourna de nouveau vers le tableau et commença à dessiner un squelette de rat, extrêmement précis, qui lui demanda presque dix minutes. Ses gestes étaient si brusques que la craie se cassa plusieurs fois.

Après quoi, il se mit à détailler le nom de chaque os – sternum, scapula, tibia, vertèbres thoraciques...

L'une des jumelles leva la main.

– S'il vous plaît, monsieur...

– *Professeur*, corrigea-t-il sans se retourner.

– Professeur, est-ce que ça fera partie du contrôle ?

– Je ne comprends pas votre question.

Il passa directement aux os de la tête : pariétal, mandibule, maxillaire.

– Je veux dire : devons-nous prendre des notes ?

La craie se brisa une fois de plus entre les doigts de M. Gouille. Les morceaux tombèrent par terre.

Il fit volte face, visiblement épuisé par cet intense effort d'écriture.

– Il n'est pas étonnant que la plupart d'entre vous aient été perturbés par l'incident de ce matin. C'est même tout à fait compréhensible. L'humanité a longtemps associé les rats à la maladie et à la saleté. En Europe, au XIVe siècle, les rats ont apporté la Peste noire, qui a causé la mort de millions de personnes.

Il pouffa.

– Vous imaginez ça, les enfants ? Des millions d'hommes rayés de la surface de la Terre par une bande de petits rongeurs ? Ce sont des créatures terribles ! Bien plus dangereuses qu'on pourrait le croire !

La classe le fixa en retour. S'il cherchait à détendre l'atmosphère, ce n'était pas très réussi.

Gouille avança alors jusqu'à la fenêtre et jeta un regard dehors.

– Souvenez-vous qu'il y a six mois, il n'y avait ici que des champs. Des arbres. Des ruisseaux. Des centaines d'écosystèmes invisibles à l'œil nu. Les rats y menaient sans doute une vie heureuse. Ils avaient de la nourriture, de l'eau, des abris, tout ce dont ils ont besoin.

Son expression s'assombrit.

– Jusqu'à ce que l'homme arrive et détruise au bulldozer leurs galeries souterraines. Anéantissant leurs refuges en un clin d'œil. Que vouliez-vous qu'ils fassent? Il fallait bien qu'ils aillent quelque part! Le résultat, vous l'avez vu ce matin.

Les élèves hochèrent la tête, comme si c'était évident, mais Matteo restait sur sa faim. Il ne comprenait toujours pas comment un rat avait pu se retrouver *à l'intérieur* de son casier. Mais il était trop timide et il n'osa pas lever le doigt une deuxième fois. Après tout, puisque tout le monde semblait se contenter de cette explication...

– Euh, professeur? demanda Glenn d'une voix hésitante (Matteo ne se souvenait pas l'avoir jamais entendu poser une question en classe). Je comprends ce que vous dites, mais il y avait un rat *à l'intérieur* de mon casier.

M. Gouille acquiesça.

– Un rat adulte peut facilement ronger un os, de la brique, du béton et même un tuyau en plomb. Vos casiers sont faits avec des feuilles de métal de calibre 16, ce qui est bien plus fin. Du gâteau, pour des dents de rat.

– Ouais, mais j'ai vérifié, insista Glenn, il n'y avait pas de trou !

Cette fois, Gouille parut agacé.

– Comment vous appelez-vous, jeune homme ?

– Euh, Glenn.

– Glenn comment ? Vous avez bien un nom de famille ?

– Glenn Torkells.

– Monsieur Torkells, êtes-vous certain qu'il n'y avait pas de trou dans votre casier ? Absolument certain ?

– Ouais, j'ai regardé partout. Pas de trou. Juste une grille d'aération.

– Juste une grille d'aération ! s'exclama Gouille. Voilà une information précieuse ! Dites, monsieur

Torkells, pourriez-vous nous indiquer la largeur des fentes ? Y avez-vous prêté attention ?

– Un centimètre, peut-être ?

– Un centimètre, répéta Gouille, souriant à présent. Savez-vous, monsieur Torkells, que le rat est le seul mammifère connu capable de s'aplatir complètement, ce qui lui permet de se faufiler dans des interstices de moins d'un centimètre ?

– Non je savais pas, marmonna Glenn, ce qui fit rire toute la classe.

– Naturellement ! Vous êtes trop occupé à me faire perdre mon temps avec des questions idiotes !

Matteo retint son souffle. C'était la première fois qu'il entendait un professeur qualifier une question d'idiote.

– Puis-je vous suggérer, continua Gouille, d'écouter sagement la leçon, comme le reste de la classe ? Vous apprendrez peut-être quelque chose, qui sait ? Vous en pensez-vous capable ?

Glenn, le visage rouge, se recroquevilla sur sa chaise.

Le professeur retourna au tableau et continua à lister le nom des os.

Aussi incroyable que cela puisse paraître, l'espace d'un instant – très bref – Matteo ressentit de la peine pour Glenn Torkells.

C'était de loin le plus surprenant de tout ce qui s'était passé ce jour-là.

- 4 -

Lorsque Matteo rentra chez lui, sa mère voulut tout savoir sur sa première journée au collège. Elle était désolée d'avoir raté l'inauguration et elle lui demanda de lui raconter la cérémonie dans ses moindres détails. Il lui décrivit le maire, le gouverneur, la fanfare... mais passa sous silence Glenn et ses vers gluants.

– Oh, ça avait l'air fabuleux ! s'exclama-t-elle. Absolument fabuleux !

Elle s'assit à la table de la cuisine, face à lui, et posa un bol de bâtonnets de carottes entre eux.

– On l'a bien mérité, Matteo. N'est-ce pas ?

– Oui.

– Je sais que ces dernières années ont été difficiles pour toi. Tous les matins, je pars à six heures et demie, je ne peux pas te préparer de petit déjeuner chaud ni participer aux sorties...

Elle lui prit la main.

– Ça va être plus facile, maintenant. Tu es un garçon intelligent et tu vas dans un super collège. Si tu travailles dur, tout ira bien.

Matteo ne se souvenait pas d'avoir vu sa mère aussi heureuse. Il décida de ne pas évoquer l'épisode des rats, du moins pas pour l'instant. Il ne voulait pas gâcher un moment pareil.

Les jours suivants se déroulèrent normalement. Il n'y avait plus de rongeurs dans les casiers et, par chance, Matteo avait peu de cours en commun avec Glenn. À midi, il déjeunait seul, mais cela ne le dérangeait pas ; il emportait toujours un livre, afin de se donner une contenance.

Matteo adorait lire, avec une prédilection pour les livres d'horreur, de science-fiction et de fantasy. Plus que tout, il aimait les histoires où les héros étaient des enfants dotés d'étranges pouvoirs magiques : sorciers, loups-garous, cyborgs... Au fond de lui, il rêvait qu'un jour, il se découvrirait lui aussi un pouvoir surnaturel. Il cesserait alors d'être un garçon ordinaire. En attendant, il allait à la bibliothèque municipale chaque semaine et en rapportait des brassées de livres.

Il avait entendu dire que Lovecraft disposait d'une immense bibliothèque, mais il lui fallut patienter une semaine pour la découvrir.

– Prenez vos sacs, ordonna un matin M. Loomis, le professeur d'anglais. Vous avez de la chance, aujourd'hui, vous allez visiter l'une des meilleures bibliothèques scolaires de tout l'État !

– Pas trop tôt..., bougonna Matteo.

M. Loomis dut l'entendre, car il lui fit un clin d'œil.

– Tu vas voir, tu ne vas pas être déçu !

La bibliothèque de Lovecraft était presque aussi grande que le gymnase. Un majestueux dôme de verre et d'acier surplombait la salle, qui baignait dans une chaude lumière naturelle. Le long des murs, de hautes étagères formaient comme un labyrinthe. Matteo pensa qu'il devait être facile d'y passer des heures entières. Au milieu des livres se dressaient des statues grandeur nature d'écrivains célèbres : Mark Twain, Edgar Allan Poe, Mary Shelley, Louisa May Alcott…

– Par ici, Matteo ! appela M. Loomis. Tu restes avec le groupe, OK ?

Les autres élèves s'étaient déjà installés dans le coin multimédia, un espace séparé par d'immenses cloisons en Plexiglas qui dominaient le reste de la salle. À l'intérieur se trouvaient des ordinateurs, des stations d'écoute et un présentoir de liseuses électroniques.

Une femme âgée, aux lunettes papillon, montrait aux élèves comment utiliser les liseuses.

– On peut y télécharger des livres numériques et les emporter chez soi. À condition de les manier avec précaution, naturellement. Pour ma part, je suis de la vieille école. Je continue à préférer le contact des vrais livres, avec de vraies pages. Il n'y a rien d'aussi merveilleux au monde, d'après moi. Mais nous devons nous tourner vers l'avenir, n'est-ce pas, les enfants ?

M. Loomis se racla la gorge.

– Laissez-moi vous présenter Mme Lavinia, la bibliothécaire en chef.

Mme Lavinia reposa la liseuse et fit le tour de l'espace multimédia, distribuant à chaque élève un plan coloré des différentes sections de la bibliothèque : Biographies, Histoire, Science-fiction, Romans policiers, etc.

– Vous verrez que j'ai écrit un titre différent sur chaque plan. Chacun doit trouver son livre et l'emprunter, mais vous pouvez vous aider les uns les autres. Alors, au travail, d'accord ?

Matteo regarda sa feuille. Son livre s'intitulait :

LES AVENTURES DE SANGUINELLO SANTIAG
DÉTECTIVE, COWBOY ET VAMPIRE
Tome 1 :
L'AFFAIRE DU FER À CHEVAL ENFLAMMÉ
par M. J. Hetter
Section : Fiction/Romans policiers/Paranormal

Matteo leva la main.

– Est-ce que je peux avoir un autre livre ?

– Je suis désolée, répondit Mme Lavinia, je n'en ai prévu qu'un par élève.

Matteo pesta contre sa malchance. Il aimait les livres avec des enfants aux pouvoirs surnaturels, mais celui-là avait l'air archinul.

– En revanche, continua Mme Lavinia, rien ne t'empêche d'en choisir plusieurs. Vous pouvez emprunter jusqu'à cinq livres à la fois.

Les autres élèves, apparemment satisfaits de leur sort, se dispersèrent rapidement dans la bibliothèque. Matteo décida qu'il trouverait *Sanguinello Santiag*, puis emploierait le temps restant à en chercher d'autres plus à son goût.

Son plan à la main, il s'enfonça dans le dédale des rayonnages, laissant derrière lui les bavardages de ses camarades. Après avoir bifurqué trois fois à gauche et deux fois à droite, il parvint aux Romans policiers, puis, quelques pas plus loin, au Paranormal.

Lorsqu'il releva la tête, les étagères lui parurent plus hautes – sûrement un effet d'optique. Les rayonnages semblaient pencher légèrement vers lui, comme des arbres masquant les rayons du soleil.

Effleurant du doigt la tranche des livres, il suivit l'alphabet de A à B, à C, à D... La progression était lente et laborieuse, pleine de tournants imprévus. La bibliothèque contenait bien plus de livres qu'il ne l'avait imaginé...

Le temps d'arriver à H, il avait l'impression d'avoir parcouru la longueur d'un terrain de football. Il aperçut la série des dix-sept titres de *Sanguinello Santiag*, de M. J. Hetter, attrapa *L'affaire du fer à cheval enflammé* et le glissa dans son sac à dos. Puis il se retourna, prêt à repartir. Sauf qu'il ne se rappelait plus d'où il était venu.

Bizarre. Logiquement, il suffisait de remonter l'alphabet, de H à G, de F à E, et ainsi de suite, mais il avait dû se tromper à un moment ou à un autre. Les livres qui l'entouraient ne lui évoquaient rien. Il bifurqua à gauche, à droite, puis encore à gauche. Les livres se fondaient dans une sorte de brouillard, toutes les travées se ressemblaient. Il consulta son plan, mais impossible de se repérer. Il avait réussi à se perdre.

Lorsqu'il releva la tête, il aperçut du mouvement... Une fille en tee-shirt blanc qui se dirigeait vers un croisement.

– Euh, s'il te plaît ? appela-t-il.

Elle l'ignora. Matteo lui emboîta le pas.

– Pardon ? S'il te plaît ?

La fille accéléra. Matteo se mit à courir, s'enfonçant de plus en plus profondément dans des travées interminables.

Surgie de nulle part, une âcre odeur de naphtaline parvint à ses narines – une odeur particulièrement incongrue au collège Lovecraft, où tout était flambant neuf.

– Attends-moi ! cria Matteo.

S'élançant à sa poursuite, il tourna au coin et se retrouva dans une impasse.

La fille avait disparu.

– Il y a quelqu'un ?

Pas de réponse. Pas le moindre bruit de pas. Le plus grand silence régnait.

Matteo avança tout au fond de la travée. Dans la pénombre entre deux étagères, il découvrit une embrasure haute et étroite – si étroite qu'il lui aurait fallu s'y faufiler de profil. L'encadrement, d'un bois très sombre, était couvert de symboles mystérieux semblables à ceux qui s'affichaient sur l'écran de son ordinateur quand il tombait en panne.

La température avait chuté d'un coup, et l'odeur de naphtaline était plus forte que jamais. Le cœur battant à coups redoublés, Matteo prit une profonde inspiration, agrippa les bretelles de son sac à dos et s'enfonça dans l'obscurité.

- 5 -

Il n'avait fait que franchir l'étroite embrasure qui reliait deux sections de la bibliothèque, mais il eut l'impression de changer de vitesse, comme s'il venait de quitter un Escalator, et il faillit perdre l'équilibre.

Devant lui se dressait un long escalier délabré dont la rampe était recouverte d'une fine couche de poussière. Tandis qu'il gravissait les marches une à une, celles-ci grinçaient et craquaient sous ses pieds. Arrivé en haut de l'escalier, il se retrouva face à un rideau en patchwork, constitué de dizaines de chutes de tissu cousues ensemble. Matteo se faufila dessous et entra dans un vaste grenier.

Des jetés de lit et des couvertures avaient été punaisés aux chevrons afin de limiter les courants d'air, mais ce n'était guère efficace : la pièce était glaciale. Çà et là étaient disposées, sans ordre apparent, des dizaines d'étagères dépareillées où s'alignaient des livres aux reliures en cuir et aux pages jaunies. Tout était en bois sombre et plongé dans la pénombre.

Plus surprenant, la pièce n'avait ni fenêtre, ni issue de secours, ni aucun de ces gadgets électroniques qui équipaient tout le collège. Ce grenier semblait tout droit surgi du XIXe siècle.

Matteo s'approcha d'une table ronde au milieu de la pièce, où un livre ouvert avait été posé à l'envers. Un frisson lui parcourut l'échine lorsqu'il découvrit que le dos du livre était une colonne vertébrale de serpent ou de lézard.

Il n'y avait pas de titre et, à l'intérieur, Matteo ne comprit pas un mot. Un chapitre s'intitulait *Gnopf-Keh*. Un autre *Gyaaa-Yothn*. Des illustrations en noir et blanc représentaient des bêtes étranges, des crânes enflammés, des paysages volcaniques...

– Bizarre, chuchota-t-il, en ouvrant son sac à dos pour y glisser le livre.

– Si tu cherches quelque chose de normal, tu ne trouveras pas ça ici.

Matteo pivota sur ses talons et aperçut Karina Ortiz, en jean et tee-shirt blanc.

– C'est quoi, ici?

– Un grenier, répondit-elle en haussant les épaules. Plutôt chouette, pas vrai?

Matteo examina le plan que leur avait distribué Mme Lavinia. Il repéra la section Documentaires ou Salle multimédia, mais il ne vit nulle trace d'un grenier.

– Cette carte ne sert à rien, Matteo.

– C'est pour ça que je t'ai appelée. Je suis perdu!

Elle sourit, découvrant la rangée de bagues de son appareil dentaire.

– Tu *étais* perdu. Mais maintenant tu es avec moi. Et moi je sais parfaitement où nous sommes.

Elle tapota le sol du pied.

– Tu ne veux pas rester un peu?

– Je suis en cours, là, lui rappela-t-il. Je suis supposé chercher des livres...

– Est-ce que cet horrible Glenn t'embête encore?

Matteo se sentit rougir.

– Je suis désolé de t'avoir envoyée balader, l'autre jour. Mais je déteste parler de Glenn.

– Tu ne devrais pas te laisser faire! Je sais qu'il te fait peur. Mais, quand on a peur de quelque chose, il faut l'affronter!

Matteo n'en était pas convaincu. Affronter Glenn, c'était l'assurance de se retrouver la tête dans la cuvette des toilettes.

– Et *toi*, reprit-il, tu as peur de quoi?

– Moi? Des araignées.

– Non, je voulais dire: ce qui te fait *vraiment* peur. Ce que tu redoutes plus que tout.

– Les araignées, confirma Karina. Tout en elles me dégoûte. Leurs pattes velues, leur façon saccadée de se déplacer, le fil qui leur sort du derrière... Elles sont répugnantes.

Matteo regarda autour de lui.

– Ce n'est pas idéal, pour toi, ici. Ce grenier doit en être plein...

Karina secoua la tête.

– Je suis tranquille, ici, personne ne vient. Tu peux rester aussi longtemps que tu le souhaites. Si tu veux, je peux te montrer plein de trucs sympas...

En effet, le grenier renfermait des objets qu'on n'aurait pas attendus dans une bibliothèque scolaire : un mannequin de couturier, un violoncelle auquel manquait la moitié des cordes, une vieille barque en aluminium... Mais Matteo fut surtout intrigué par une grande porte en bois barrée par trois planches posées de travers, comme si on les avait clouées à la hâte.

– Qu'est-ce que c'est ?

– La sortie de secours.

Matteo n'avait jamais vu de sortie de secours qui ressemblait à ça.

– Pourquoi a-t-elle été condamnée ?

– Parce qu'on ne doit l'ouvrir qu'en cas d'urgence.

Matteo douta que ce fût la vraie raison, mais il n'avait pas le temps de creuser la question.

– Je ferais mieux d'y aller. Tu peux me dessiner un plan ?

Karina sourit.

– Tu vas trouver sans problème, Matteo. Je te le promets. Il suffit de redescendre l'escalier.

Même s'il ne la croyait pas, il n'insista pas. Il avait hâte de quitter les lieux. Il régnait dans ce grenier une atmosphère étrange. De plus, il n'était pas sûr que l'accès en soit autorisé aux élèves et il craignait de se faire punir si un professeur les surprenait.

Il referma son sac à dos et le hissa sur ses épaules. Il pesait bien plus lourd, avec le vieux livre.

– Matteo ? appela Karina.

Il s'arrêta.

– Oui ?

– Je ne connais pas grand monde, ici. Alors, si tu as du temps à perdre, n'hésite pas à revenir, d'acc ?

Matteo passa sous le rideau, dégringola l'escalier délabré et se faufila par l'embrasure. Il eut la même sensation de déséquilibre, sauf que, cette fois, le sol sembla accélérer sous ses pas et le projeta en avant.

- 6 -

En fin de compte, Karina avait raison : au bout d'une minute de déambulation, il tomba nez à nez avec son professeur d'anglais.

– Ah, te voilà ! s'exclama M. Loomis. J'ai lancé la moitié de la classe à ta recherche !

– Je suis désolé, je me suis perdu...

Le professeur sourit.

– Je comprends ce que tu veux dire. Une bibliothèque pareille, on pourrait y passer des jours entiers...

Matteo appréciait beaucoup M. Loomis. Il portait toujours des pulls sans manches de couleur pastel, aimait les livres et n'avait jamais besoin de hausser la voix. Et il n'exigeait pas qu'on l'appelle « professeur », comme ce fou de M. Gouille...

– Tu as trouvé ton bonheur ?

– C'est là-dedans, répondit Matteo en tapotant son sac.

– Bien. N'oublie pas d'enregistrer tes livres avant de partir. Il y a des bornes de prêt en face de l'entrée. Tu passes ta carte de collégien et tu suis les instructions sur l'écran tactile. Dépêche-toi, Matteo, ça va sonner...

Matteo gagna les bornes de prêt, qui ressemblaient aux caisses automatiques des supermarchés. Il ouvrit la fermeture Éclair de son sac, plongea la main à l'intérieur et ressentit soudain une vive douleur.

Quelque chose était en train de le mordre.

Il lâcha son sac et la douleur s'arrêta. Il examina sa main. Son pouce avait deux marques rouges. Pas très profondes mais, indiscutablement, des empreintes de dents.

Des empreintes de dents ?

Il jeta un regard autour de lui. Aucun élève ne semblait faire attention à lui et M. Loomis bavardait avec Mme Lavinia dans l'espace multimédia.

Il referma son sac, quitta la bibliothèque et gagna les toilettes les plus proches. Là, il posa son sac sur le rebord d'un lavabo. Mais à peine avait-il entrouvert la fermeture Éclair qu'une tête marron et velue se faufila par le trou.

Une tête de rat.

Ses yeux étaient noirs. Ses moustaches frémissaient. Il dodelinait de la tête. Contrairement aux rats qui avaient envahi le collège le jour de la rentrée, celui-ci paraissait sympathique. Et même plutôt joueur.

Matteo fit glisser à nouveau la fermeture Éclair. Une seconde tête apparut. Le même pelage marron, les mêmes yeux noirs.

Des jumeaux, pensa Matteo. *Comme les filles rousses du cours de sciences.*

Les rats avaient dû grimper dans son sac pendant qu'il discutait avec Karina. Matteo ouvrit franchement la fermeture pour les libérer. Mais, lorsque les rats sortirent, il comprit qu'il s'était trompé – ce n'étaient pas des jumeaux... c'était un rat à deux têtes!

– Ouah, murmura Matteo. C'est quoi, ça?

Si l'animal avait deux têtes, il n'avait qu'un corps, quatre pattes et une queue. Les deux têtes se redressèrent et couinèrent. L'une d'elles se frotta contre son poignet. Elle réclamait des câlins!

– D'accord, dit-il en leur caressant la nuque du bout du doigt. Ça vous plaît? C'est agréable?

Visiblement, ça l'était. Les deux têtes fermèrent les yeux et se mirent à ronronner comme des chatons.

– Vous voulez un peu d'eau? Vous avez soif?

Il tourna le robinet et forma une coupe avec ses mains. D'un bond léger, les rats sautèrent sur le rebord du lavabo et commencèrent à laper l'eau. Leurs langues minuscules râpaient sa peau comme du papier de verre.

– Là, chuchota Matteo, tout doux. C'est bien, mon petit gars... euh... mes petits gars...

Au même instant, la porte des toilettes s'ouvrit avec fracas. Les rats sautèrent dans le sac, que Matteo se dépêcha de refermer.

Glenn Torkells se tenait sur le seuil, l'air triomphant.

– Taxe du minus, Débilo, déclara-t-il en lui présentant sa main. Tu sais bien que t'as pas le droit d'aller aux toilettes le jeudi.

C'était une des règles idiotes de Glenn.

– Très bien, dit Matteo.

Il poussa son sac sur le côté et sortit deux dollars de sa poche.

– Tiens, les voilà. Pas de problème.

Glenn empocha l'argent, puis observa Matteo avec attention. Un sourire lui monta aux lèvres.

– Qu'est-ce qui te rend nerveux comme ça?

– Rien.

Il jeta un regard furtif à son sac et constata avec soulagement qu'il ne bougeait pas. Les rats semblaient avoir compris qu'il fallait se tenir tranquilles.

– Je vois bien que t'es pas comme d'habitude, Minus. Je commence à te connaître, depuis le temps!

– J'ai payé ta taxe débile, non? Alors laisse-moi, maintenant!

Matteo attrapa son sac et se dirigea vers la porte, mais Glenn lui barra le passage.

– T'as quoi dans ton sac?

– Rien. Des livres.

– Montre!

Glenn tendit la main. Matteo voulut le contourner, mais il ne fut pas assez rapide. Glenn le tira brutalement par une des bretelles de son sac.

– Attention! cria Matteo.

– Attention à quoi?

– C'est pas tes affaires! Lâche-moi!

C'était dans des moments comme celui-ci que Matteo repensait aux héros de ses romans préférés, ces enfants qui avaient l'air parfaitement normaux et qui possédaient des pouvoirs secrets. Si seulement il avait eu des yeux lasers pour carboniser Glenn sur place... Ou s'il avait pu appeler à la rescousse un énorme monstre qui aurait emporté Glenn gesticulant et hurlant...

Mais il n'était pas dans un roman de fantasy. Il était dans la vraie vie.

Glenn saisit Matteo par le poignet et lui tordit le bras derrière le dos, puis il lui plaqua le visage contre le mur.

– Écoute-moi bien, Débilo. Je vais te tirer le bras jusqu'à ce que tu lâches ton sac. T'as compris ?

– Ça suffit ! cria une voix grave.

Matteo tourna les yeux vers la porte et aperçut M. Loomis qui se précipitait vers eux.

Glenn relâcha son étreinte.

– Dans le bureau de la principale, ordonna M. Loomis. Tout de suite.

– Mais c'était pour jouer...

– Tout de suite !

Sa voix rebondit en écho sur les murs. C'était d'autant plus impressionnant que M. Loomis ne se fâchait jamais. Glenn jeta à Matteo un regard torve.

– J'ai une excellente mémoire, menaça-t-il, avant de quitter la pièce d'un pas lourd.

M. Loomis s'approcha de Matteo.

– Ça va?

Celui-ci bougea le bras.

– Ça va, confirma-t-il.

– Est-ce que Glenn te maltraite souvent?

– Pas vraiment...

M. Loomis fronça les sourcils.

– C'est la première fois?

Matteo haussa les épaules.

– Ouais...

La sonnerie de midi trente retentit. En temps ordinaire, elle annonçait la pause déjeuner, mais, ce jour-là, il n'y avait pas cours l'après-midi. De l'autre côté du mur, le couloir se mit à résonner du bruit des élèves qui ouvraient leur casier et discutaient de leur week-end.

– Je peux y aller, maintenant? s'enquit Matteo.

M. Loomis le scruta attentivement, comme s'il cherchait à deviner la vérité.

– Matteo, tu es là pour étudier. Pas pour stresser à cause d'une brute! Je peux régler le problème, mais seulement si tu me racontes ce qui se passe.

C'était la chance que Matteo attendait depuis toujours. Un professeur à l'écoute, capable de neutraliser Glenn une bonne fois pour toutes. Mais Matteo avait trop honte. Un garçon doit être capable de se défendre seul. S'il racontait tout à M. Loomis – les vers gluants, la taxe du minus et les insultes –, Matteo savait qu'il aurait l'air d'une mauviette. C'était trop humiliant.

Il sentit les petites bêtes s'impatienter dans son sac.

– Il n'y a pas de problème, dit-il. Je peux y aller, maintenant ?

- 7 -

Il courut jusque chez lui, monta l'escalier quatre à quatre, enleva ses baskets, s'allongea sur son lit et ouvrit prudemment son sac.

Les deux têtes apparurent – d'abord l'une, puis l'autre – et humèrent l'air avec curiosité.

– Vous pouvez sortir, les gars. Vous êtes en sécurité, ici. Les abrutis ne sont pas autorisés dans ma chambre.

Les rats avancèrent prudemment sur la couverture. Matteo leur caressa la nuque et ils se mirent de nouveau à ronronner, contents de se promener sur son lit.

– Commençons par le commencement, dit-il. D'abord, il faut que je vous trouve un nom.

Il avait réfléchi à la question sur le chemin du retour. Il avait pensé à Double Peine (trop cool), mais avait finalement jugé que c'était mieux de leur donner deux noms différents. Un pour la tête gauche, un pour la tête droite.

Mario et Luigi ?

Phinéas et Ferb ?

Étoiles et rayures[1] ?

Rien ne lui plaisait vraiment. Puis, pris d'une inspiration soudaine, il s'adressa aux rats l'un après l'autre :

– Toi, tu seras Mousse et toi, Tic. Ensemble, ça fait Moustique.

Les rats eurent l'air satisfaits. Tic se mit même à couiner plusieurs fois, comme pour montrer son approbation.

Matteo joua avec Mousse et Tic jusqu'à la fin de l'après-midi.

1. *Stars and Stripes*, nom donné au drapeau américain (NDT).

– Bon, leur dit-il. Ne bougez pas, je vais vous chercher à manger.

Il dévala l'escalier. Sa mère, debout devant la cuisinière, remuait une casserole de soupe.

– Ah, tu es là ! s'exclama-t-elle. Comment s'est passée ta journée, mon ange ?

– Bien.

– Qu'est-ce que tu fais ?

Matteo avait déjà ouvert le réfrigérateur et attrapait une pomme, un morceau de fromage, une poignée de feuilles de laitue et un sac de carottes naines.

– Je me fais un petit en-cas. Merci, maman. Tu m'appelles quand le dîner est prêt ?

En un rien de temps, il était de retour sur son lit et partageait son butin avec Mousse et Tic, qui avaient visiblement très faim. Agrippant la pomme de leurs griffes, ils la grignotèrent jusqu'au trognon. Matteo les observait, fasciné. Chaque tête bougeait indépendamment de l'autre : parfois Mousse mangeait pendant que Tic se reposait, et vice versa.

En dix minutes, tout avait disparu. Mousse et Tic fixèrent Matteo d'un regard implorant.

– Je vous en rapporterai après le dîner, promit-il. Là, maman se méfierait.

Matteo savait que sa mère ne tolérerait jamais la présence d'un rat dans la maison, alors un mutant à deux têtes...

Il déchira les feuilles d'un vieux carnet et forma une sorte de nid dans une boîte en carton qu'il avait trouvée dans son placard. Il posa ensuite un petit bol d'eau dans un des coins.

– Voilà où vous dormirez la nuit, leur expliqua-t-il.

Mousse et Tic comprirent tout de suite l'idée. Ils grimpèrent dans la boîte, s'y blottirent, puis se mirent à claquer des dents – un drôle de cliquètement qui semblait indiquer qu'ils étaient contents.

– Vous allez être bien là-dedans, leur assura-t-il. Et, comme c'est vendredi, on a tout le week-end pour jouer. Demain on pourra peut-être aller dehors. Ça vous plairait ?

Soudain, on frappa à la porte.

– Matteo ? Je peux entrer ?

Il attrapa la boîte et la glissa sous le lit.

– C'est ouvert !

Sa mère pénétra dans la chambre.

– Tu étais au téléphone ? s'enquit-elle.

Matteo secoua la tête.

– Ah bon, s'étonna-t-elle. Il m'a semblé t'entendre parler...

– Ça devait être la radio.

Mme Debb ne le crut pas une seconde. Elle s'assit près de lui sur le lit et passa le bras autour de sa taille.

– Tout va bien ?

– Ouaip.

– Tu aimes ton nouveau collège ?

– Ouaip.

– Tu as des problèmes ?

– Ouaip. Je veux dire : non.

Sa mère le scruta avec attention.

– J'essaie de parler avec toi, Matteo. Tu comprends ? Ça ne peut pas marcher si tu n'écoutes qu'à moitié et que tu réponds n'importe quoi !

– Pardon, s'excusa Matteo.

Il était sincère. Sa mère avait déjà assez de soucis, entre son travail à l'hôpital, la cuisine, le ménage, la lessive. Elle n'avait jamais le temps de sortir ou de profiter de la vie. Il pouvait quand même faire un effort.

– Lovecraft est génial, dit-il. Aujourd'hui, on est allés à la bibliothèque pour la première fois. Tu ne vas pas le croire, maman, mais c'est tellement immense que je me suis perdu !

Elle sourit.

– C'est vrai ?

– Ouais ! Et mon prof d'anglais, M. Loomis, il est vraiment sympa. Il m'a montré comment emprunter des livres. Et puis... je me suis fait un nouvel ami.

– Ah bon ? C'est super !

– Deux nouveaux amis, en fait, précisa Matteo, souriant à la pensée de Mousse et de Tic sous son lit, leurs petits museaux à moustaches à quelques centimètres des fines chevilles de sa mère.

- 8 -

Matteo passa l'essentiel du week-end à jouer avec ses nouveaux amis. Pendant la journée, il les emmena au square voisin. Le soir, ils veillèrent un peu tard et festoyèrent sous les couvertures, à la lumière d'une lampe torche. Mousse avait un faible pour les madeleines fourrées au chocolat blanc. Tic préférait les petits-beurre. Tous les deux raffolaient des bretzels et laissaient des miettes partout dans son lit.

Ils étaient très intelligents. Il ne leur fallut que quelques heures pour apprendre à obéir à des ordres simples comme « Assis », « Reste » et « Couché ».

Le dimanche soir, ils étaient capables d'exécuter des tâches plus complexes.

– Apportez-moi une BD, disait Matteo.

Et Mousse et Tic gagnaient docilement la bibliothèque, attrapaient un album et le coinçaient entre leurs dents pour le rapporter à leur maître.

Matteo les récompensait avec des bretzels.

– Il est clair que deux têtes valent mieux qu'une, déclara-t-il, leur caressant doucement la nuque et le dos. Vous êtes deux fois plus intelligents qu'un rat ordinaire. Peut-être plus encore.

Il fit des recherches sur Internet. Les animaux à deux têtes étaient plus fréquents qu'il ne le pensait. Il tomba sur des photos de vaches, de cochons et même d'un crocodile à deux têtes. Le nom scientifique de ce phénomène était la polycéphalie. Matteo trouva plusieurs articles publiés dans des revues médicales, mais ils étaient tous trop compliqués pour lui. Cependant, l'un d'eux attira son attention parce que son auteur, Crawford Tillinghast, avait vécu à Dunwich, à deux ou trois kilomètres de sa maison.

Matteo descendit dans le salon, où sa mère, assise sur le canapé, pliait du linge.

– T'as déjà entendu parler d'un type qui s'appelle Crawford Tillinghast ?

– Bien sûr, répondit-elle. Tu te souviens de cet immense manoir, rue des Châtaigniers ? Celui qu'ils ont fini par démolir en début d'année ? Eh bien, il habitait là. C'était une sorte de savant.

– Il vit encore à Dunwich ?

– Oh non, mon cœur ! Il est mort il y a trente ans. Dans un incendie, je crois. Pourquoi me demandes-tu ça ?

Il haussa les épaules.

– Comme ça.

Sa mère se mit à rire.

– Quand j'étais petite, on jouait à se raconter que cette maison était hantée. La nuit, on voyait des lumières bizarres par les fenêtres. On se défiait de monter les marches et d'appuyer sur la sonnette. Quand j'y pense... Pauvre homme !

On entendit des objets tomber par terre à l'étage. Mousse et Tic avaient dû se frayer un passage jusqu'à son placard.

– Qu'est-ce que c'est? s'inquiéta sa mère.

– Rien. Juste des livres qui ont dû glisser de mon lit. Je vais les ramasser.

Lorsqu'il retourna dans sa chambre, Mousse et Tic s'étaient réfugiés dans leur boîte et essayaient de disparaître sous les bribes de papier.

– Quand je ne suis pas là, vous devez vous tenir tranquilles, les sermonna-t-il. C'est bien clair? Si jamais ma mère vous découvre, elle va paniquer!

Mousse couina et Tic dodelina de la tête. Après leur avoir souhaité bonne nuit, Matteo replaça la boîte sous son lit.

À son réveil le lendemain matin, elle était vide.

Matteo bondit. Il chercha sous son lit, dans son placard et même dans les tiroirs de son bureau. Comme sa mère était déjà partie au travail, il put courir librement dans toute la maison en criant:

– Mousse! Tic!

Mais il n'y avait aucune trace d'eux nulle part.

Il se rappela ce que M. Gouille leur avait appris : que les rats étaient capables de ronger la brique, le ciment ou même un tuyau en plomb, et qu'ils pouvaient se faufiler dans un interstice d'un centimètre. Quitter la maison était pour eux un jeu d'enfant. Peut-être avaient-ils été vexés par ses réprimandes, la veille au soir. Peut-être avaient-ils décidé d'aller vivre ailleurs.

Matteo prit son petit déjeuner en silence, à la table de la cuisine, puis se brossa les dents et attrapa son sac à dos, prêt à partir. Il sentit alors un poids familier qui bougeait dans le sac. Il ouvrit la fermeture Éclair de la poche principale et se retrouva nez à nez avec Mousse et Tic, souriants.

– Vous voulez venir avec moi ? s'étonna-t-il. Retourner au collège ?

Mousse hocha la tête. Tic claqua des dents.

Cette idée ne plaisait pas à Matteo. Grâce à la présence de ses nouveaux compagnons, il n'avait pas pensé à Glenn Torkells une seule fois du week-end, mais il savait que cette brute voudrait prendre sa revanche.

– Alors vous devez promettre de ne pas bouger. Si quelqu'un remarque quelque chose de bizarre, je ne pourrai rien pour vous !

Comme Mousse et Tic ne protestaient pas, Matteo referma son sac et se dirigea vers la porte d'entrée.

Le collège Lovecraft se trouvait à huit pâtés de maisons. À la vue des cinq voitures de police et des deux camionnettes de presse garées sur le parking, Matteo comprit tout de suite qu'il s'était passé quelque chose d'anormal. À la hauteur du garage à vélos, un présentateur de télévision, micro en main, déclarait :

– Une terrible tragédie secoue cette petite communauté tranquille...

Matteo pressa le pas vers l'entrée principale. L'écran d'accueil affichait un nouveau message :

AVIS DE RECHERCHE

Sylvia Price, élève de 6e, a disparu.

Si vous détenez la moindre information,

adressez-vous à un professeur ou appelez le 911.

Suivait la photo d'une fille aux longs cheveux roux. Matteo reconnut sans peine l'une des jumelles du cours de M. Gouille.

Il eut beaucoup de mal à se concentrer ce jour-là. Les couloirs bruissaient de rumeurs et de ragots. Sylvia avait fugué pour aller vivre à New York. Sylvia avait été kidnappée par un auto-stoppeur. Sylvia avait été aperçue pour la dernière fois dans les bois jouxtant le collège. La vérité, c'est que personne n'en savait rien.

La plupart des profs étaient attristés par la nouvelle, mais M. Loomis était véritablement bouleversé.

– Enfin, c'est une simple question de bon sens ! tempêta-t-il, arpentant la classe dans un gilet sans manches couleur tilleul. On ne parle pas à n'importe qui ! On ne va pas n'importe où la nuit ! On fait attention, bon sang !

Matteo connaissait ces principes par cœur. Les profs et les parents leur apprenaient à se méfier des inconnus depuis qu'ils avaient cinq ans. Mais toute la classe écoutait sans protester. Ils comprenaient que M. Loomis cherchait seulement à éviter que le drame ne se reproduise.

À la pause déjeuner, Matteo se rendit au stade, s'assit dans les gradins, et partagea son sandwich au jambon avec Mousse et Tic. Heureux de leur liberté retrouvée, ceux-ci couraient en zigzag le long des tribunes, montant et descendant inlassablement, tandis que Matteo surveillait les alentours de peur qu'un professeur ou un élève n'approche.

– Vous vous êtes vraiment bien comportés, leur dit-il. Vous avez été très sages. Continuez comme ça.

Lorsque Matteo entra en cours de sciences, les places à gauche et à droite de la sienne étaient vides. On lui expliqua que Sarah Price était restée avec sa famille pour aider la police dans son enquête. Il régnait dans la classe un calme inhabituel. Même les animaux dans leurs vivariums semblaient plus silencieux.

À son arrivée, M. Gouille se comporta comme si rien ne s'était passé. Il posa son cartable en cuir sur son bureau et se tourna vers le tableau.

– Nous allons reprendre là où nous nous étions arrêtés vendredi, déclara-t-il tout en dessinant un crâne humain. La boîte crânienne comporte huit os différents et, si vous voulez avoir une bonne note, il faudra les connaître tous.

Il fit soudain volte-face et plissa le nez.

– Quelle est cette odeur putride ?

Les élèves échangèrent des regards perplexes. De quelle odeur parlait-il ?

Lynn Scott, une des filles du premier rang, leva la main.

– Professeur ? Vous n'allez rien nous dire au sujet de Sylvia Price ?

Il haussa ses sourcils broussailleux.

– Sylvia qui ?

Lynn désigna la chaise vide.

– La fille qui a disparu hier soir.

– Ah oui. La jumelle monozygote.

M. Gouille s'assit sur son bureau et joignit les mains sur ses genoux, comme s'il se préparait à raconter une petite histoire du soir.

– Je comprends votre émotion. Ce genre d'incident est regrettable. Mais nous ne devons pas oublier, mes enfants, que rien n'arrive jamais sans raison. Il y a dans ce monde des forces qui vous dépassent. Les Grands Anciens[1] sont aussi intelligents que dix mille hommes réunis. Nous ne devons pas questionner leurs actions… Mais d'où vient donc cette épouvantable odeur ?

Gouille remonta les allées de la classe, son nez frémissant comme celui d'un limier.

– C'est absolument *infect* ! s'exclama-t-il. Comment pouvez-vous réussir à vous concentrer avec une puanteur pareille ?

Il s'arrêta à la hauteur de Matteo, puis s'agenouilla, pressa le visage contre son sac à dos et inspira profondément.

– Que contient ce sac, monsieur Debb ?

– R-r-rien, balbutia Matteo. Mes affaires de sport…

---

1. Divinités issues de l'univers de l'écrivain H. P. Lovecraft (NDT).

– Laissez-moi en douter, dit Gouille.

Il ouvrit la fermeture Éclair, plongea la main à l'intérieur du sac et en ressortit Mousse et Tic par la peau du cou. Les deux têtes couinaient d'impuissance, leurs petites pattes pédalant vainement dans l'air. La classe tout entière retenait son souffle.

– Un rongeur polycéphale… Où avez-vous trouvé cet horrible mutant à deux têtes ?

Tandis que les uns et les autres se penchaient pour mieux voir, Matteo essaya désespérément de se ressaisir.

– Euh… à la bibliothèque.

– Où ça, à la bibliothèque ?

– Au grenier. À l'étage.

Gouille écarquilla les yeux, visiblement stupéfait.

– Un grenier au-dessus de la bibliothèque ? Voilà qui est fort intéressant, monsieur Debb. Mais le collège Lovecraft a un règlement très strict en ce qui concerne les animaux. Si vous aviez lu votre carnet de correspondance, vous le sauriez.

– Je suis désolé, dit Matteo. S'il vous plaît, professeur, je vous promets de ne plus jamais les amener au collège.

Gouille secoua la tête.

– Bien trop risqué. Je vous ai expliqué les dangers liés aux rats. Avez-vous oublié la Peste noire ? Vous ne m'avez pas écouté ?

– Mousse et Tic ne sont pas comme ça. Ils sont gentils !

– Ils sont malades ! Ils sont sales ! Et un mutant à deux têtes est deux fois plus dangereux. Je ne peux pas vous laisser emporter cette monstruosité chez vous.

Il avança jusqu'au fond de la classe, tenant Mousse et Tic à bout de bras, comme si le moindre contact physique représentait un risque sanitaire.

Les élèves, fascinés, le regardèrent déposer Mousse et Tic dans un petit vivarium tapissé de copeaux de bois, qu'il referma à l'aide d'un couvercle en métal.

– Là. Ils seront en sécurité jusqu'à ce que je m'occupe d'eux.

Les élèves applaudirent. On aurait dit que Gouille venait d'accomplir un acte héroïque ou de terrasser un terrible monstre. Le cours reprit, mais Matteo était incapable de se concentrer. Le reste de l'heure passa dans le brouillard.

Lorsque la dernière sonnerie retentit, Matteo gagna son casier en traînant les pieds. Il n'était pas pressé de rentrer chez lui. Il ne pouvait détacher sa pensée de Mousse et de Tic, prisonniers au fond de la salle de sciences.

Comment Gouille comptait-il « s'occuper » d'eux ?

Qu'avait-il voulu dire ?

Matteo songea à demander de l'aide à sa mère ou même à M. Loomis, mais il savait qu'ils ne comprendraient pas. Le règlement était le règlement. Les animaux n'étaient pas autorisés dans l'enceinte du collège, et un rat sauvage à deux têtes ne pouvait que susciter leur méfiance. Si sa mère voyait Mousse et Tic, elle ne se précipiterait pas à leur secours ; elle pousserait un cri strident.

Il referma son casier, se retourna... et découvrit Karina qui mâchait un chewing-gum, son skateboard à la main.

– C'est pas de bol pour tes rats. Gouille peut être une vraie ordure.

– Comment t'es au courant ?

– Les nouvelles vont vite.

– Je te jure qu'ils sont gentils, plaida Matteo. J'ai joué avec eux tout le week-end. Ils ont dormi dans une boîte sous mon lit. Mousse et Tic ne feraient de mal à personne, je les connais !

Sa voix tremblait. Son émotion était telle qu'il eut peur de fondre en larmes, là, dans le couloir, devant une fille.

– Je te crois, Matteo.

– Gouille a dit qu'il allait s'occuper d'eux. Qu'est-ce que ça veut dire, à ton avis ?

Elle sourit.

– Qu'il faut les lui reprendre vite fait !

-9-

Ce soir-là, après le repas, la mère de Matteo fit une entorse à ses habitudes: elle monta à l'étage pour se changer. C'était le jour des rencontres parents-professeurs, un évènement qu'elle attendait avec impatience depuis une semaine.

– De quoi j'ai l'air?

Elle portait une robe de soirée noire et un collier de fausses perles. Elle s'était même maquillée. Matteo regardait la télévision, assis sur le canapé.

– On t'a prévenue que le président ne serait pas là ce soir?

Ses épaules s'affaissèrent.

– Je pensais que c'était bien...

– Si, si, c'est très bien, se dépêcha-t-il d'ajouter. Pardon.

– Bon, je ferais mieux d'y aller. Je ne voudrais pas être en retard. Je serai sans doute de retour vers neuf heures. Ne passe pas toute la soirée devant la télé, d'accord ?

Pas de risque, pensa-t-il.

Dès qu'il entendit la voiture s'éloigner, il attrapa son sac à dos et prit la même direction qu'elle, mais à pied.

Karina l'avait convaincu que c'était le moment ou jamais de libérer Mousse et Tic. Si Gouille voulait « s'occuper » d'eux, il n'y avait pas une minute à perdre. Et, grâce à la réunion parents-profs, les portes du collège seraient ouvertes jusque tard dans la soirée.

Matteo courut sur tout le trajet. Il fallait faire vite. Il voulait être rentré avant sa mère pour qu'elle ne se doute de rien.

Lorsqu'il arriva au collège, des groupes de parents s'engouffraient par la porte principale. La réunion d'accueil se tenait dans le grand auditorium, à l'opposé de l'aile où était située la classe de Gouille. C'était une chance inespérée de pouvoir pénétrer dans la salle sans se faire remarquer.

Karina l'attendait, comme convenu, au pied de l'escalier. Les lumières des couloirs étaient tamisées, les salles, plongées dans l'obscurité.

– Tu es prêt ?

– Je pense. Tu as vu quelqu'un ?

– Non. La voie est libre. Viens !

Il lui emboîta le pas, dérouté que cette fille, qui avait peur des araignées, n'éprouve pas la plus petite hésitation avant de s'introduire clandestinement dans une classe. Il n'avait jamais rencontré quelqu'un comme Karina Ortiz.

Ils montèrent au premier étage et avancèrent jusqu'à la salle 113. Matteo craignit un instant que la porte ne soit fermée à clef, mais, lorsqu'il tourna la poignée, elle céda facilement.

Dans la pénombre, la salle paraissait irréelle. Toutes ces rangées bien alignées de bureaux vides... le squelette et son drôle de sourire... Mais Matteo ne pouvait pas prendre le risque d'allumer la lumière.

– Où sont-ils? demanda Karina.

Il l'entraîna vers le fond. Ils dépassèrent les poissons tropicaux et les lézards, et s'arrêtèrent devant le vivarium de Mousse et de Tic. Les rats bondirent, ravis, et se dressèrent contre la vitre. Matteo tenta de retirer le couvercle, en vain.

– J'ai l'impression que c'est coincé.

Il glissa les doigts le long du couvercle, à la recherche d'un bouton ou d'un loquet. Mais le métal était parfaitement lisse. Il l'empoigna et tira de toutes ses forces, en vain. Autant essayer d'ouvrir une boîte de thon à mains nues.

Il souleva alors le vivarium. Il devait peser dans les dix kilos. En dernier recours, il pourrait l'emporter chez lui et, avec l'aide d'un levier ou d'un ouvre-boîte...

– Écoute! chuchota Karina. Quelqu'un vient!

Il tendit l'oreille. Les bruits de pas se rapprochaient dangereusement. Ils coururent à travers la salle à la recherche d'une cachette. Sous le bureau du professeur ? Derrière le squelette ?

– Le placard des fournitures ! s'exclama soudain Karina.

Matteo se précipita vers le placard, sur le côté de la classe. C'était là que Gouille rangeait sa réserve de béchers, d'éprouvettes et de produits chimiques. Karina entra la première.

– On ne tiendra pas à deux, constata Matteo.

– Ne discute pas, viens !

Il referma la porte à l'instant même où les néons de la classe s'allumaient. Étonnamment, il y avait assez de place pour Karina et lui.

– Chut, chuchota-t-elle. Ne bouge pas.

Matteo était trop effrayé pour répondre. Il avait entendu parler d'un jeu qui s'appelait Sept Minutes au Paradis, dans lequel un garçon et une fille étaient enfermés dans un placard pendant sept minutes et... euh... il ne savait pas très bien ce qui s'y passait au juste. Étaient-ils censés se serrer l'un contre l'autre? S'embrasser? Cela ressemblait-il à ce qu'il était en train de vivre?

L'entrebâillement de la porte leur offrait un étroit aperçu de la classe. M. Gouille, qui tenait à la main une bouteille d'eau et un sac de boulettes de nourriture, entreprit de nourrir les animaux, tout en fredonnant un air étrange. Arrivé devant Mousse et Tic, il s'arrêta.

– Quoi? Vous avez faim, vous aussi? Bien fait! ricana Gouille. Vous voilà punis pour avoir tenté de fuir. Pour vous être réfugiés dans ce sac à dos. Et si un adulte vous avait vus? Vous imaginez les conséquences? Les plans du Maître seraient tombés à l'eau! *Shub-niggurath! K'hala dorsath f'ah!*

Matteo se demanda s'il avait bien entendu. Gouille marmonnait-il dans sa barbe? Non... il avait parlé distinctement, mais dans une langue très étrange.

– Le Maître veut vous voir demain matin. D'ici là, il m'a chargé de vous donner un avertissement.

Gouille plongea la main dans le vivarium voisin et attrapa par la peau du cou un hamster blanc et marron.

– Regardez bien, dit-il à Mousse et à Tic. C'est le sort qui vous attend si vous tentez à nouveau de fuir !

Gouille leva le hamster au-dessus de sa tête. L'animal agita les pattes désespérément, mais Gouille le tenait d'une poigne de fer. Il ouvrit grand la bouche, comme s'il voulait l'avaler.

Quelle blague stupide et cruelle! pensa Matteo. Le genre de blague qu'aimaient les gens comme Glenn Torkells. Gouille n'était qu'une brute.

Soudain, un horrible craquement retentit et la mâchoire inférieure de Gouille se désarticula, révélant une rangée de crocs blancs et pointus. Gouille fit descendre le hamster dans sa bouche et l'avala tout cru.

Matteo se sentit mal. Les parois du placard tournaient autour de lui. Il s'agrippa à une étagère pour ne pas s'évanouir.

– Du calme, chuchota Karina. Ne fais pas de bruit.

Gouille se massa le haut du torse, comme s'il accompagnait le chemin que parcourait l'animal dans son appareil digestif, puis il ôta le bouchon de la bouteille d'eau, but une longue gorgée et rota.

– Que ça vous serve d'avertissement, lança-t-il à Mousse et à Tic. Je vous présenterai au Maître demain matin.

Une minute plus tard, la salle était de nouveau plongée dans la pénombre. Matteo entendit Gouille fermer la porte et s'éloigner.

– Qu'est-ce qui s'est passé ?

– On a failli être découverts, voilà ce qui s'est passé, dit Karina. On a eu de la chance.

– Tu crois qu'il est vraiment parti ?

– Je pense, oui. Sortons de là !

Matteo poussa la porte du placard. Son cerveau lui ordonnait de prendre ses jambes à son cou, mais il ne pouvait pas abandonner Mousse et Tic. Pas après ce qu'il venait de voir.

– Il va falloir que tu portes le vivarium, déclara Karina.

– Il est trop lourd, protesta Matteo. Et si Gouille nous surprend ? S'il nous poursuit ? Oublie.

Non, il fallait employer les grands moyens. Il entrebâilla la porte de la classe et jeta un regard dans le couloir. Personne. Il n'y avait plus aucune trace de Gouille, et les parents et les professeurs étaient toujours à l'auditorium, à l'autre bout du collège.

Matteo retourna au fond de la classe et ouvrit son sac à dos.

– Prépare-toi à courir, dit-il à Karina.

– Que comptes-tu faire?

Il donna un petit coup sur la paroi du vivarium. Mousse et Tic se mirent debout contre la vitre, comme s'ils voulaient renifler le bout de ses doigts.

– Accrochez-vous, les gars. Je ne vois qu'un seul moyen de vous tirer de là, mais ça va swinguer.

Matteo poussa le vivarium tout au bord de l'étagère et le fit basculer par terre, où il explosa en morceaux. Des éclats de verre et des copeaux de bois fusèrent dans toutes les directions. Sous l'effet du choc, Mousse et Tic atterrirent tête la première dans le sac de Matteo.

– Filons! cria Karina.

Ils traversèrent la salle à toute allure, ne s'arrêtant que pour fermer la porte derrière eux. Personne ne les poursuivait, mais Matteo ne voulait prendre aucun risque. Il fonça comme un dératé et dévala l'escalier. Lorsqu'il eut franchi la porte d'entrée, il jeta un regard derrière lui et vit que Karina hésitait sur le seuil.

– Qu'est-ce que t'attends ? Viens !

– Je vais passer par l'autre sortie, expliqua-t-elle. J'habite de l'autre côté de la ville.

– Qu'est-ce qu'on va faire pour Gouille ?

– On en parlera demain. Rendez-vous au grenier.

– Bon. Sois prudente. Fais bien attention que personne ne te voie...

Matteo courut sur tout le trajet du retour. Il avait besoin de réfléchir, il y avait trop de choses qu'il ne comprenait pas. Pourquoi le professeur avait-il parlé à Mousse et à Tic comme à des êtres doués de raison ? D'où s'étaient-ils échappés ? Qui était ce Maître qu'il évoquait sans cesse ? Rien de tout cela n'avait de sens.

Une fois chez lui, il prépara une solide collation pour Mousse et Tic : du jambon rôti, du muesli, du céleri, des raisins et une demi-douzaine de bretzels, qu'ils engloutirent en un rien de temps. Matteo les installa ensuite dans leur nid et glissa la boîte sous son lit.

Dix minutes plus tard, la voiture de sa mère se garait dans l'allée. Elle rentra, euphorique, comme si elle venait de passer la plus belle soirée de sa vie.

– Incroyable! s'exclama-t-elle. Tu savais que tu pourras étudier le mandarin en 4e? Que M. Loomis est diplômé de Yale[1]? Que le collège a été construit à partir de matériaux recyclés?

– Alors, c'était bien? demanda Matteo.

Elle le prit dans ses bras.

– Formidable. C'est un collège extraordinaire. Je suis tellement contente pour toi! Pour nous deux!

Son sourire s'évanouit.

– À part cette terrible disparition... Tous les parents ne parlaient que de ça. Tu la connaissais, toi, cette fille?

1. Prestigieuse université américaine (NDT).

– Pas vraiment.

– J'espère qu'ils la retrouveront vite. Je n'ose pas imaginer l'enfer que vit sa famille en ce moment. Mais ton nouveau professeur de sciences – M. Gouille, c'est ça ? – s'est montré très rassurant. Il est persuadé qu'elle va bientôt rentrer chez elle.

À l'évocation de Gouille, Matteo revit le professeur se décrocher la mâchoire avant d'enfourner dans sa bouche un hamster vivant.

– Je l'ai trouvé charmant, conclut sa mère.

- 10 -

Lorsque Matteo se réveilla le lendemain, Mousse et Tic attendaient dans son sac à dos, visiblement prêts à repartir au collège.

– Vous êtes dingues, ou quoi ? protesta-t-il. Vous avez oublié ce que Gouille a dit hier ? Comment il a flairé votre présence à travers mon sac ? Et ce qui est arrivé au hamster ?

Mousse et Tic opinèrent, comme s'ils partageaient son inquiétude. Mais, lorsque Matteo plongea la main dans son sac, ils se tortillèrent pour lui échapper.

– Vous ne comprenez pas que c'est de la folie ? C'est bien trop dangereux pour vous ! Tant que je n'ai pas découvert ce qui se trame, vous devez rester ici !

Mousse et Tic secouèrent la tête. Pour une raison inexplicable, ils avaient l'air fermement décidés à retourner au collège et à suivre Matteo, où qu'il aille.

– Très bien, vous l'aurez voulu...

Il referma la fermeture Éclair et hissa le sac sur son dos.

– ... mais je vous cacherai dans mon casier pendant le cours de sciences.

À son arrivée au collège, la pluie se mit à tomber. Les cours de la matinée lui parurent interminables. Les évènements de la veille passaient en boucle dans sa tête. Il entendait encore résonner les paroles de Gouille :

« Et si un adulte vous avait vus ? Vous imaginez les conséquences ?

Les plans du Maître seraient tombés à l'eau !

Shub-niggurath ! K'hala dorsath f'ah ! »

Qu'est-ce que ça pouvait bien vouloir dire ?

Au bout d'une éternité, la sonnerie de midi retentit. Matteo allait quitter la salle de cours quand M. Loomis l'interpella :

– Matteo, je peux te parler une minute ?

– Oui ?

– Tout va bien ? J'ai remarqué que tu n'étais pas très attentif, ce matin. Tu avais l'air soucieux...

Matteo se représenta en train de lui dire la vérité : « Hier soir, je me suis introduit dans le collège à la nuit tombée et j'ai vu M. Gouille gober un hamster. »

Il n'y avait aucune chance que son professeur croie un truc pareil.

– Tout va bien, monsieur Loomis. Je suis juste un peu fatigué.

– Glenn t'embête encore ?

– Non, ça va, il me laisse tranquille. Je peux y aller ?

– Oui, vas-y. Je voulais juste m'assurer que tout allait bien.

Matteo contourna la cafétéria et se rendit directement à la bibliothèque. Il avait hâte de rejoindre Karina et de discuter des évènements de la veille.

Il s'engagea dans les rayonnages de la section Fiction, essayant d'effectuer le même trajet que la fois précédente. Il retrouva le rayon Romans policiers/Paranormal, mais fut incapable de localiser le passage vers le grenier. *Là, j'avais tourné à gauche, puis à droite, puis de nouveau à droite... ou était-ce à gauche?* Matteo se souvenait d'un coin plongé dans la pénombre. Aujourd'hui, il n'en voyait aucune trace nulle part.

Il finit par aller demander de l'aide à Mme Lavinia au comptoir de prêt. Elle agitait un livre de poche sous la lumière rouge du lecteur de codes-barres.

– Bonjour, jeune homme. Que puis-je pour vous?

– Je cherche la salle des vieux livres, vous savez? En haut d'un escalier...

Mme Lavinia l'examina par-dessus ses lunettes papillon.

– Des vieux livres?

– Oui, reliés en cuir. Certains doivent avoir au moins deux cents ans...

– Vous devez confondre avec la bibliothèque du centre-ville. Tous nos livres sont neufs. Nous avons reçu une généreuse donation d'un organisme de bienfaisance.

Matteo secoua la tête.

– Je sais que c'est par là, dit-il en désignant du doigt les rayonnages de Fiction. La pièce ressemble à un grenier, avec des chevrons, tout ça... Une des portes est barricadée avec des planches.

Mme Lavinia le considéra avec stupeur.

– Jeune homme, lâcha-t-elle, je ne vois pas du tout de quoi vous parlez.

- 11 -

Pendant l'interclasse, Matteo installa Mousse et Tic dans la partie supérieure de son casier.

– Ne bougez pas de là, leur ordonna-t-il. C'est mon dernier cours, je viens vous récupérer juste après.

Il se préparait au pire. Il savait que Gouille, furieux, chercherait à mettre la main sur celui qui avait cassé le vivarium. Et Matteo était le suspect idéal. Le professeur n'irait sans doute pas jusqu'à le menacer devant toute la classe... Mais, s'il lui demandait de rester à la fin de l'heure, que se passerait-il?

Sécher le cours était tentant, mais Matteo craignait de renforcer les soupçons à son égard. Mieux valait s'y rendre comme si de rien n'était. Après tout, les rats auraient pu faire basculer leur vivarium tout seuls. C'était possible, non?

Matteo fut l'un des derniers à arriver. Quelqu'un avait nettoyé les bris de verre et les copeaux de bois. La classe avait retrouvé son apparence normale. Mais la disparition de Mousse et de Tic n'était pas passée inaperçue...

– Hé, Débilo! lança Glenn depuis l'autre bout de la salle. On dirait que Gouille s'est débarrassé de ton petit copain!

Matteo fit comme s'il n'avait rien entendu. Il s'assit, sortit son cahier et entreprit de recopier ses devoirs d'une écriture appliquée. Quand Gouille entrerait, il voulait être occupé afin de ne pas croiser son regard.

Mais, lorsque la sonnerie retentit, le professeur ne s'était pas encore présenté.

Le squelette semblait surveiller la porte, comme s'il l'attendait lui aussi. La situation rappelait à Matteo le premier jour de classe, il y a deux semaines, quand

Sarah Price lui avait suggéré d'aller voir la principale pour régler le problème. Il avait l'impression que c'était il y a une éternité.

La porte de la salle finit par s'ouvrir et une petite femme corpulente, aux lunettes épaisses et aux cheveux noirs bouclés, fit son apparition. Les élèves la dévisagèrent, bouche bée.

– Bonjour, tout le monde. Je suis Mme Kinski et je remplace votre professeur. Ce pauvre M. Gouille a l'estomac un peu dérangé.

Malgré lui, Matteo le revit en train de se décrocher la mâchoire et d'enfourner un hamster dans sa gueule béante.

– Votre attention, s'il vous plaît. J'ai une grande nouvelle à vous annoncer, continua Mme Kinski. Aujourd'hui, nous allons nous intéresser à un monde mystérieux qui fourmille de milliers d'espèces étranges. Vous n'en croirez pas vos oreilles si je vous dis que ce monde se trouve à deux pas du collège. Il est si proche que vous pouvez y accéder en quelques coups de pédale et y tremper vos orteils...

Tout en parlant, elle déroula l'écran de projection. Des images de mer bleue s'affichèrent.

– Il s'agit de l'océan, bien sûr. Nous allons regarder un documentaire sur le monde fascinant de la biologie marine !

Deux ou trois élèves applaudirent, mais la plupart étaient déjà en train de se lancer des petits mots et de chahuter. Jamais Matteo n'avait été aussi heureux d'avoir une remplaçante. Il espérait que Mme Kinski resterait toute la semaine.

À 14h45, après la dernière sonnerie, Matteo retourna à la bibliothèque. Il passa de nouveau vingt minutes à chercher le grenier, sous le regard perplexe de Mme Lavinia.

– Nous fermons dans dix minutes, annonça-t-elle. Tu peux aller à la bibliothèque municipale, si tu n'as pas fini.

Matteo regagna le hall. Tous ses camarades de classe étaient déjà partis ; les couloirs étaient déserts ; les écrans, éteints.

Ses pas résonnaient sur le carrelage.

Arrivé devant son casier, il composa le code et ouvrit la porte.

– Mousse ? Tic ? Où êtes-vous ?

L'étagère supérieure ne contenait rien d'autre que *Sanguinello Santiag* et le gros livre relié que Matteo avait trouvé dans le grenier. Il n'y avait pas la moindre trace de ses petits amis. Saisi de panique, il passa en revue la pile de livres entreposée dans le bas de son casier, avant de remarquer que la capuche de son blouson bougeait. Il jeta un coup d'œil à l'intérieur et découvrit Mousse et Tic, installés comme dans un hamac.

– Ah, vous voilà ! s'exclama-t-il, soulagé. Vous m'avez fait peur, les gars !

– Qui t'a fait peur ? demanda Glenn Torkells, surgissant de nulle part.

Matteo voulut refermer la porte, mais il ne fut pas assez rapide ; Glenn la bloqua avec sa grosse chaussure boueuse.

– Je t'ai posé une question, Débilo. Qui t'a fait peur ?

Glenn jeta un regard à l'intérieur du casier, mais Mousse et Tic s'étaient enfouis plus profondément dans la capuche.

– Personne, répondit Matteo. Je parlais tout seul.

Glenn se mit à rire.

– Alors, tu t'es fait peur à toi-même ? T'es trouillard à ce point ? Ça mériterait une double taxe du minus, ça...

Matteo attrapa son blouson et le coinça sous son bras.

– Je dois y aller.

– Minute ! l'interrompit Glenn en tendant la main vers le volume relié. Où t'as eu ce truc ? Dans un magasin pour Halloween ?

Glenn ouvrit le livre et de la poussière tomba des pages.

– C'est qui, ça ? s'enquit-il en pointant son doigt sale sur le dessin d'un vieil homme avec une corne au milieu du front. Ton père ?

– Très drôle, dit Matteo. Rends-le-moi.

– Minute, je vais te lire une histoire...

Il sélectionna une page au hasard.

– *Deph-pha. Ctzelzog. Enorhula-tu.*

Il butait sur les mots tellement ils étaient difficiles à prononcer.

– C'est du chinois, ou quoi ?

– Rends-le-moi, supplia Matteo.

– Hé, écoute ça ! *Kyaloh yog-sothoth f'ah. Kyaloh yog-sothoth f'ah.*

Il se mit à scander en hochant la tête comme un rappeur :

– *Ky-ky-kyaloh. Yo-yo-yog-sothoth.*

Matteo sentit un courant d'air froid en provenance de son casier. Bizarre. La température, dans le couloir, chuta brusquement d'une dizaine de degrés. Et cette odeur, soudain... Une odeur étrangement familière de naphtaline...

– *Ky-ky-kyaloh...*

– Glenn...

– *Yo-yo-yog-sothoth...*

– Glenn, je crois que tu ferais mieux d'arrêter, le mit en garde Matteo.

De la vapeur sortait de sa bouche, comme s'il se trouvait dehors en plein mois de janvier. Du givre se formait sur le rebord des pages.

– Ouah! s'exclama Glenn, lâchant le livre. C'est quoi, ce truc?

– Je crois que tu n'aurais pas dû lire ça.

Matteo voulut ramasser le volume, mais il était si glacé qu'il lui brûla le bout des doigts. Il retira vivement la main.

Sous l'effet du vent, son casier se déformait et gondolait. La paroi du fond avait disparu dans une sorte de spirale noire. Matteo fixait le centre de la spirale, comme hypnotisé... quand Glenn le rappela à la réalité en l'attrapant par la manche.

– Hé, c'est quoi, ça?

Matteo baissa les yeux. Surgi du casier, un tentacule violet et jaune s'était enroulé autour de la cheville gauche de Glenn. On aurait dit le bras d'une immense pieuvre, mais sans ventouses, et sa surface était recouverte d'une substance gluante et brillante.

Il tirait sur la jambe de Glenn. Celui-ci chancela et se mit à sautiller sur sa jambe libre, luttant pour garder l'équilibre.

– Ouah! cria-t-il. C'est quoi, ce truc, bon sang! Enlève-moi ça!

Matteo tenta d'empoigner le tentacule, mais il n'offrait aucune prise et ses mains glissèrent sur la peau visqueuse.

– Je vais chercher un prof.

– Non! hurla Glenn.

Le tentacule tira de nouveau, entraînant la jambe de Glenn *à l'intérieur* du casier.

– Ne me laisse pas, Matteo!

Il se retenait de toutes ses forces aux bords du casier, mais d'autres tentacules surgirent à leur tour et s'enroulèrent autour de ses bras, de ses poignets et de sa taille.

– Je t'en supplie, aide-moi! Je vais lâcher!

Matteo n'avait jamais détesté quelqu'un autant que Glenn, mais avait-il vraiment le choix? Personne au monde ne méritait un sort pareil. Rassemblant ses forces, il donna un coup de pied dans l'un des tentacules.

Un autre jaillit alors du casier et s'empara de la cheville droite de Glenn, l'attirant dans le tourbillon noir. Il ne touchait à présent plus le sol et résistait avec l'énergie du désespoir. Matteo attrapa Glenn par les poignets pour le retenir, mais il n'était pas de taille à lutter contre le monstre caché derrière le casier.

– Ne me lâche pas ! hurla Glenn, les yeux écarquillés sous l'effet de la terreur. S'il te plaît, Matteo, ne me lâche...

Au même instant, un mince tentacule violet lui ferma la bouche. Ses poignets glissaient sous les doigts de Matteo. C'était trop tard. Glenn allait être aspiré par le tourbillon noir...

Soudain, Matteo sentit quatre pattes minuscules remonter son dos à toute allure. Arrivés sur son épaule, Mousse et Tic sautèrent sur le plus gros tentacule et y plantèrent les dents. Un mugissement sourd leur parvint des profondeurs du casier.

Mousse et Tic mordirent de plus belle. Une étrange substance verte, visqueuse et pétillante jaillit des blessures en moussant. Un à un, les tentacules relâchèrent leur étreinte et se replièrent à l'intérieur du casier. Matteo tira de toutes ses forces sur les poignets de Glenn, qui fit un vol plané dans le couloir. Les deux garçons tombèrent l'un sur l'autre et, pendant un moment, ils restèrent immobiles, trop hébétés, terrifiés et épuisés pour faire quoi que ce soit.

Lorsque Matteo leva les yeux, son casier avait retrouvé une apparence normale, avec des parois métalliques rigides et un crochet pour suspendre les manteaux. Mousse et Tic attendaient sagement sur l'étagère supérieure.

– Qu'est-ce qui s'est passé? finit par demander Glenn.

– On t'a sauvé la vie, répondit Matteo. T'as le droit de nous remercier.

- 12 -

Matteo poussa la porte de chez lui et appela :

– Maman, t'es là ?

– Dans la cuisine !

– J'ai amené un copain à dîner, t'es d'accord ?

– Tu as amené un *quoi* ?

– Je ferais peut-être mieux d'y aller, chuchota Glenn, qui hésitait sur le seuil. On pourra parler demain...

Mme Debb pénétra dans le salon en essuyant ses mains mouillées sur un torchon.

– Je vous en prie, entrez ! s'exclama-t-elle, aussi chaleureuse que si elle accueillait le gouverneur du Massachusetts en personne.

– Maman, je te présente Glenn.

– Vous êtes un ami de Matteo ? Vous allez au collège Lovecraft ?

Glenn hocha la tête, gêné.

– C'est ça.

– C'est un plaisir de vous rencontrer. Je serais ravie de vous avoir à dîner. Votre mère sait-elle que vous êtes ici ? Souhaitez-vous que je l'appelle ?

– Elle vit en Arizona.

– Ah, dit Mme Debb. Votre père, alors ?

– Ce n'est pas la peine, madame Debb.

– Eh bien, le repas sera prêt à sept heures. Je vais vous préparer un petit goûter en attendant.

Les garçons montèrent des bols de bretzels et de chips dans la chambre de Matteo. Une fois la porte close, celui-ci ouvrit la fermeture Éclair de son sac à dos, et les rats s'ébrouèrent sur le tapis.

– Lui, c'est Mousse, et lui, c'est Tic. Il faudra qu'on pique de la nourriture pendant le dîner. Tout ce que tu pourras faire tomber sur tes genoux sans que ma mère s'en aperçoive fera l'affaire. Ils mangent à peu près de tout.

Glenn regardait la créature, fasciné. Mousse et Tic semblaient apprécier d'être au centre de l'attention. Ils souriaient, claquaient des dents et ronronnaient.

– Lequel des deux dirige le corps ?

– Je ne sais pas bien. L'un et l'autre à tour de rôle, sans doute.

– Je croyais que Gouille s'était débarrassé d'eux.

– C'est ce qu'il comptait faire, confirma Matteo. Mais, hier soir, je me suis glissé dans la classe et je les lui ai repris.

– Non ! se récria Glenn, impressionné.

– Si. Et ce n'est pas le pire...

Matteo lui raconta tout. Il commença par Karina et le grenier situé au-dessus de la bibliothèque, puis il expliqua comment ils s'étaient cachés dans le placard des fournitures et avaient vu Gouille gober un hamster. Enfin, il lui dit qu'il avait voulu retourner dans le grenier, mais qu'il n'avait pas réussi à le retrouver.

– Toute la journée, je mourais d'envie d'en parler à quelqu'un. Mais qui serait prêt à croire qu'on a vu une pieuvre géante surgir de mon casier?

Glenn mâchonna pensivement sa chips.

– Personne.

Ils étaient assis sur le sol l'un en face de l'autre. Mousse et Tic étaient occupés à ronger le coin d'une vieille boîte de Monopoly. Matteo ne pensait pas à les en empêcher; il était trop perturbé par le caractère incongru de la situation. Il était dans sa chambre avec Glenn Torkells, sa bête noire, en train de grignoter des chips. Comme de vieux copains.

– Au fait, continua Matteo, quand ces tentacules t'ont attrapé... j'avais bien envie de les laisser t'emporter, figure-toi.

Glenn baissa la tête. Une mèche de cheveux blond foncé tomba sur son visage.

– Je sais.

– C'est tout ce que tu trouves à dire?

– Qu'est-ce que tu veux que je dise?

– T'as été horrible avec moi, Glenn. Les insultes, les bousculades, les coups, les bonbons mâchouillés... J'ai souvent souhaité qu'un monstre géant surgisse de nulle part et t'avale tout cru. Mais jamais je n'aurais imaginé que ça arriverait pour de vrai !

Glenn ne répondit pas. Il regardait Mousse et Tic ronger la boîte de Monopoly. Il finit par plonger la main dans sa poche et en sortit une poignée de billets froissés.

– Tiens.

Matteo compta l'argent.

– Trois dollars ? C'est ça, tes excuses ? Trois pauvres dollars ?

– C'est pour la taxe du minus, se justifia Glenn. Combien je t'ai piqué, en tout, depuis le début ? Cent ? Deux cents ?

– Plutôt cinq cents, corrigea Matteo.

Glenn grimaça.

– Alors je te rendrai cinq cents dollars, promit-il. Ça me prendra sûrement du temps, mais je t'en filerai un peu chaque semaine. Je jure de tout te rembourser, d'acc?

Matteo n'avait rien espéré de plus qu'un simple « Excuse-moi », mais il n'allait pas cracher sur cinq cents dollars. Il pensa que c'était sans doute sa façon à lui de demander pardon.

– J'accepte tes excuses.

– Et maintenant? Qu'est-ce qui va se passer au collège demain?

Matteo prit le temps de réfléchir. Une part de lui voulait trouver un adulte digne de confiance – M. Loomis, par exemple – et lui raconter tout ce qu'il avait vu. Mais si M. Gouille n'agissait pas seul? Si d'autres professeurs de Lovecraft étaient comme lui? Si la principale, Mme Slater, avalait des hamsters tous les matins à son petit déjeuner? Matteo n'avait pas intérêt à s'adresser à la mauvaise personne. Ou il ne donnait pas cher de sa peau.

– Il faut qu'on parle à Karina, conclut-il. Elle a vu Gouille avaler le hamster, et elle n'a pas cillé. Je pense qu'elle en sait plus qu'elle ne veut bien le dire.

– Mais comment on va la retrouver?

Avant que Matteo ait pu répondre, il entendit sa mère les appeler:

– Les garçons, venez vite! Il faut que vous voyiez ça!

Matteo et Glenn se dépêchèrent de descendre l'escalier. Dans le salon, Mme Debb avait allumé la télé et mis les infos. Un journaliste se tenait devant l'entrée principale de Lovecraft.

– ... les évènements prennent un tour inquiétant au nouveau collège Lovecraft, situé à Dunwich, dans le Massachusetts. Hier matin, nous vous informions qu'une élève de 6e, Sylvia Price, avait disparu. Alors que nous sommes toujours sans nouvelles de la jeune fille, nous apprenons cet après-midi que sa sœur jumelle, Sarah, a disparu à son tour. Deux disparitions en quarante-huit heures. Et si ce n'était que le début?

Le présentateur du journal se tourna vers le chef de la police, qui répéta les consignes de sécurité habituelles: se méfier des étrangers et ne jamais monter à bord d'une voiture inconnue.

Matteo et Glenn échangèrent des regards inquiets. Ils avaient bien failli être les numéros trois et quatre sur la liste des élèves disparus du collège Lovecraft.

Et cette liste risquait fort de s'allonger.

- 13 -

Le lendemain matin, Matteo était en train de se laver les dents lorsqu'il entendit frapper à la porte d'entrée. Il descendit l'escalier et trouva Glenn sur son perron.

– Qu'est-ce qui se passe?

Glenn haussa les épaules.

– Comme ta maison est sur mon chemin, j'ai pensé qu'on pouvait faire le trajet ensemble...

– D'accord.

Matteo siffla Mousse et Tic, les fit grimper dans son sac à dos, puis referma la porte d'entrée derrière lui.

– Allons-y.

C'était un matin gris et froid. Un orage avait éclaté pendant la nuit et, sur la chaussée, les nids-de-poule étaient remplis d'eau.

– Il est sympa, ton quartier, remarqua Glenn.

– T'es sérieux?

Matteo n'avait encore jamais entendu personne qualifier sa rue de sympa. La plupart des maisons voisines n'avaient même pas de pelouse.

– C'est calme, dit Glenn.

Tous les trois pas, les garçons apercevaient un ver de terre qui se tortillait sur le bitume, déplacé par les pluies torrentielles. Chaque fois, Glenn se penchait, le ramassait et allait le déposer dans l'herbe. Matteo trouvait ça bizarre, mais il s'abstint de tout commentaire. La personnalité de Glenn Torkells réservait bien des surprises.

– J'ai réfléchi, déclara ce dernier. Je pense que le collège est hanté.

– Hanté par quoi? Des pieuvres géantes?

– Un jour, j'ai vu un film sur une maison hantée, expliqua-t-il. De l'extérieur elle avait l'air parfaitement normale, mais à l'intérieur il se passait plein de trucs étranges. Des animaux empaillés flottaient dans l'air. Une fille était aspirée par un téléviseur. À la fin, on découvrait que la maison avait été construite sur un vieux cimetière amérindien. Les esprits des morts étaient restés coincés sous la maison: c'est pour ça qu'elle était hantée.

– Tu crois que Lovecraft a été construit sur un ancien cimetière?

– C'est possible, non?

Matteo haussa les épaules.

– Quand une pieuvre géante surgit d'un casier, tout est possible.

Ils se donnèrent rendez-vous à midi à la bibliothèque afin d'explorer cette piste, mais Matteo était incapable de patienter trois heures. Comme il avait sport en première heure, il dit à son prof qu'il ne se sentait pas bien et obtint l'autorisation d'aller y travailler. Une fois là-bas, il demanda à Mme Lavinia de lui montrer où étaient rangées les archives des journaux. Il ne lui fallut que quelques minutes pour retrouver le numéro des *Chroniques de Dunwich* daté du 7 septembre. L'inauguration du collège Lovecraft faisait la une du journal. Matteo parcourut rapidement l'article et s'arrêta au passage qui l'intéressait :

Le nouveau collège est situé sur un terrain de deux hectares, à l'intersection de l'avenue Grove et de la route de Clive Hills. Les vieux habitants de Dunwich s'en souviennent : le lieu a abrité pendant cent vingt ans l'exploitation de fruits rouges de la famille Clemson. Angus Clemson l'a légué à la ville lorsqu'il a pris sa retraite.

La théorie de Glenn ne tenait plus, et Matteo s'apprêtait à abandonner sa lecture quand un paragraphe en bas de page attira son attention :

Le collège Lovecraft, un des plus écologiques des États-Unis, génère 90 % de sa propre énergie grâce à des panneaux solaires. Le collège a été presque entièrement construit à partir de matériaux recyclés; un grand nombre de portes et de fenêtres, ainsi qu'une partie du carrelage et de la maçonnerie, ont été récupérées du vieux manoir de Tillinghast, avant sa démolition en début d'année.

Ce nom lui parut familier. Sa mère ne l'avait-elle pas évoqué quelques jours plus tôt?

Matteo avait repéré une cabine téléphonique juste à l'entrée de la bibliothèque. Il glissa sa carte de collégien dans la fente et composa le numéro de l'hôpital où travaillait sa mère. Quand elle s'empara du combiné, elle était tout essoufflée.

– Qu'est-ce qui se passe?

– Rien.

– Tu es où, là?

– Au collège.

– Pourquoi tu m'appelles?

– J'ai une question à te poser.

Elle prit une profonde inspiration.

– Bon sang, Matteo, j'ai cru que tu avais été kidnappé, comme ces deux filles ! Tu sais à quel point tu m'as fait peur ?

– Ne t'inquiète pas, maman. Tout va bien. Mais tu te rappelles cette histoire que tu m'as racontée l'autre jour à propos de Crawford Tillinghast ? Pourquoi toi et tes amis, vous pensiez que sa maison était hantée ?

Il y eut un long silence.

– Je ne comprends pas. Tu m'appelles au travail pour me parler de Crawford Tillinghast ?

– C'est pour un exposé.

– Ça ne peut pas attendre ?

– C'est important. J'ai juste besoin de savoir pourquoi tu pensais que sa maison était hantée !

– Oh, mon chéri, je ne me souviens pas des détails. C'était une sorte de physicien, il me semble. Il avait un laboratoire dans sa cave et une équipe de scientifiques travaillait pour lui. Les rumeurs disaient qu'il convoquait les esprits. Qu'il invitait d'anciens démons et toutes sortes de monstres dans sa maison. Enfin, ce genre de délire.

– Tu m'as parlé d'un incendie. C'était quand, déjà ?

– Il y a trente ans. J'étais au collège. Et après, tout Dunwich a prétendu que le manoir était hanté. Certains de mes amis juraient avoir vu des silhouettes bouger à travers les fenêtres. Ou entendu des chants étranges. Les policiers étaient appelés chaque semaine pour enquêter sur un truc ou un autre. Ils ont dû être ravis quand la maison a enfin été démolie.

Ouais, pensa Matteo, *sauf qu'elle n'a pas été complètement démolie*. Une grande partie des matériaux avait été recyclée dans le collège Lovecraft.

Et si les forces du mal avaient elles aussi été recyclées pendant le processus ? Était-ce possible ?

– Tu es sûr que ça t'aide pour ton exposé, Matteo ? On est en sous-effectif, en ce moment, il faut que je retourne travailler...

– Juste une dernière question ! Tu as dit que Tillinghast invitait des monstres dans sa maison. Tu sais à quoi ils ressemblaient ?

Il leva les yeux et vit que Mme Lavinia l'observait depuis la bibliothèque. Elle avait un combiné de téléphone à l'oreille, mais paraissait écouter sa conversation à lui.

– Chéri, je vais être très claire : les démons et les monstres n'existent pas. Crawford Tillinghast était fou. Et toi, tu es fou de me déranger au travail pour un truc pareil. Compris ?

Matteo aurait aimé tout lui raconter, mais il n'osa rien dire en présence de Mme Lavinia. Et si la bibliothécaire et M. Gouille étaient amis ? S'ils discutaient ensemble en salle des profs ?

Il remercia sa mère et raccrocha.

- 14 -

Lorsque la sonnerie de midi retentit, Matteo ne se rendit pas à la cafétéria, mais à la salle d'informatique, afin de continuer ses recherches. Lovecraft disposait bien évidemment d'un équipement dernier cri, avec des dizaines d'ordinateurs flambant neufs, des imprimantes, des scanners et des tablettes. Le responsable, M. Padapoulos, lui demanda de signer sur un écran digital.

Matteo choisit un poste dans un coin reculé, afin que personne ne voie ce qu'il faisait, et tapa « Crawford Tillinghast ». Il obtint une liste d'articles parus dans des revues scientifiques, intitulés « Écologie du genre hyphalosaurus » ou « La méditation : une échancrure dans le continuum espace-temps ? », dont il ne comprenait pas un traître mot.

Matteo finit malgré tout par en trouver un dans un numéro de *La gazette de Dunwich* datant de 1983, qui titrait :

EXPLOSION AU MANOIR TILLINGHAST, DIX-HUIT MORTS.

L'article expliquait que le manoir avait été construit par le grand-père de Crawford Tillinghast au début du XXe siècle. La maison, immense, comptait quinze chambres, dix salles de bains, trois cuisines, une salle de bal, une salle de musique et un observatoire. Les trois scientifiques qui travaillaient pour Tillinghast vivaient sur place avec leur famille. En bas du texte se trouvait une photo de tous les habitants du manoir.

C'était la première fois que Matteo voyait Crawford Tillinghast. Grand, mince, vêtu d'un costume blanc, il était assis dans un large fauteuil, entouré de ses employés, leurs conjoints et leurs enfants. Il avait l'air d'un grand-père heureux au milieu des siens.

L'article ne précisait pas quelle était la nature de leurs recherches. Il indiquait simplement qu'une machine, installée dans le laboratoire à la cave, avait connu une défaillance et provoqué une formidable explosion, qui avait coûté la vie aux dix-huit résidents, Tillinghast compris. Une grande partie du bâtiment avait été épargnée, mais il avait été impossible de retrouver les corps.

– Ah, t'es là, dit Glenn, se laissant tomber sur une chaise à côté de Matteo. Je croyais qu'on avait rendez-vous à la bibliothèque.

Ça faisait bizarre de penser que, vingt-quatre heures plus tôt, l'apparition soudaine de Glenn Torkells aurait donné des frissons à Matteo. Alors que, là, il regrettait qu'il ne soit pas arrivé plus tôt.

– Je n'aimais pas la façon dont Mme Lavinia me regardait. Je commence à me demander si elle n'en fait pas partie, elle aussi.

– Partie de quoi ?

– De tout ça. M. Gouille, les jumelles Price, Mousse et Tic. Tout est lié, Glenn. Il se passe un truc énorme, ici.

Matteo lui fit part de ses trouvailles et lui expliqua sa nouvelle théorie – que les fantômes du manoir de Tillinghast avaient été recyclés, en quelque sorte, avec les portes, les briques et le carrelage.

– C'est impossible, décréta Glenn.

– Un tentacule qui t'entraîne dans un casier, tu crois que c'est possible, peut-être? rétorqua Matteo. Et pourtant c'est arrivé, Glenn. Tu l'as vu toi-même!

Il avait haussé la voix sans s'en rendre compte. M. Padapoulos se leva de son bureau et se dirigea vers eux. Glenn inclina l'écran pour l'empêcher de lire.

M. Padapoulos fronça les sourcils.

– Ces machines sont réservées au travail scolaire, protesta-t-il. Si vous voulez jouer à des jeux vidéo, revenez à trois heures pour le club informatique.

– Oui, bien sûr, dit Matteo. Nous faisons juste des recherches sur l'histoire locale.

Le professeur retourna à son bureau en traînant les pieds. Peut-être M. Padapoulos était-il des leurs, lui aussi...

Glenn redressa l'écran d'une petite tape.

– Alors, qu'as-tu appris sur ce Tillinghast ?

Matteo regarda l'homme et sa mèche de cheveux blancs.

– Quand j'ai espionné Gouille, il a évoqué un Maître. Une personne à l'origine d'un plan. Je commence à me demander s'il ne s'agit pas de lui... Il a peut-être survécu à l'explosion d'une manière ou d'une autre, et il dirige maintenant ces forces étranges...

Glenn examina à son tour la photographie.

– Ce mec a clairement l'air d'un barjo de première. Mais bon, en 1983, ils étaient tous comme ça. Qui sont les autres ?

– Des scientifiques et leur famille. Ils vivaient tous au manoir.

Glenn désigna une fille sur le côté. Elle avait des cheveux bruns qui lui tombaient sur les épaules et portait un appareil dentaire.

– Elle, elle est mignonne. C'est la seule qui paraît normale.

Matteo l'observa plus attentivement et cligna des yeux.

C'était Karina Ortiz.

- 15 -

– Comment ça, Karina ?

Comment, Matteo n'en savait rien. Mais, lorsqu'il lista les indices pour Glenn, il s'aperçut que tout concordait. Il n'avait jamais vu Karina dans aucun de ses cours, ni à l'extérieur du collège. Et ils avaient réussi à se glisser dans un minuscule placard plongé dans la pénombre sans se toucher l'un l'autre.

Glenn le regarda avec incrédulité.

– Qu'est-ce que tu veux dire ? Que c'est une sorte de fantôme ?

Matteo tapota la photo à l'écran.

– Je dis que je connais cette fille. Que je lui ai parlé. Et cette photo a trente ans. Tu as une autre explication ?

Glenn s'adossa à sa chaise.

– C'est de plus en plus dingue. Je vais finir par regretter que les tentacules ne m'aient pas emporté...

– Il faut qu'on la retrouve, déclara Matteo. Il faut qu'on retourne dans le grenier.

– Je croyais que t'avais déjà essayé et que tu n'avais pas réussi.

– C'est vrai. Mais j'ai peut-être une idée...

Il jeta un coup d'œil à l'horloge. Il ne restait que quinze minutes avant la fin de la pause déjeuner. Ensuite, ils étaient convoqués à une assemblée exceptionnelle pour parler de la disparition des sœurs Price. Sans doute un policier allait-il les mettre en garde, une fois de plus, contre les dangers liés aux inconnus.

– Il faut y aller tout de suite si on veut avoir la moindre chance.

Les garçons attrapèrent leur sac et quittèrent la salle d'informatique. Dans le couloir, deux professeurs parlaient à voix basse. Ils s'interrompirent en les apercevant, le regard méfiant. L'un d'eux sortit son téléphone et composa un numéro.

– Pas de panique, chuchota Glenn en posant la main sur l'épaule de Matteo comme s'il s'agissait de son vieux copain. Continue à marcher.

M. Loomis surgit soudain de nulle part et s'interposa entre eux.

– Glenn Torkells ! s'exclama-t-il. Qu'est-ce que je t'ai dit ?

– Moi ? Quoi ?

– La dernière fois, c'était un simple avertissement, mais, cette fois, tu vas être renvoyé une journée. Suis-moi chez la principale !

– Monsieur Loomis, intervint Matteo, il n'y a pas de problème. Glenn est mon ami, maintenant !

– Arrête de le protéger, Matteo ! protesta M. Loomis, exaspéré. S'il n'est pas puni, il ne te laissera jamais tranquille !

– Je ne mens pas, cette fois, je vous le jure.

M. Loomis croisa les bras.

– Très bien. Vous êtes amis, vraiment? Alors, prouvez-le!

Le prouver? Mais comment? Quel genre de preuve attendait-il? Qu'ils se serrent la main? Qu'ils se tapent dans le dos?

Glenn s'éclaircit la gorge.

– Euh... Hier soir, j'ai dîné chez Matteo et... euh... sa maman lui coupe encore ses spaghettis en petits morceaux, comme s'il avait quatre ans. Mais je ne me suis pas moqué de lui, parce que c'est mon ami.

Matteo se sentit perplexe. Les spaghettis n'étaient-ils pas toujours servis en petits morceaux? C'était plus facile à manger, non?

– Euh... Moi, je peux vous dire que sur le trajet du collège, ce matin, Glenn a sauvé des milliers de vers de terre. Il les a ramassés sur le trottoir, où l'orage les avait entraînés, et il les a remis dans l'herbe pour qu'ils ne cuisent pas au soleil. J'ai trouvé ça un peu bizarre, mais, comme c'est mon ami, je n'ai rien dit.

M. Loomis les regarda tour à tour, stupéfait.

– Vous êtes *vraiment* amis? Comment une chose pareille a-t-elle pu arriver?

– On pourra vous raconter ça plus tard? implora Matteo. On voudrait aller à la bibliothèque avant le début de l'assemblée...

– Entendu, dit M. Loomis en s'écartant pour les laisser passer. J'espère que vous trouverez des livres intéressants...

Les garçons pressèrent le pas. À la bibliothèque, Mme Lavinia campait comme d'habitude derrière le comptoir de prêt. Dès qu'ils entrèrent, elle décrocha son téléphone et chuchota quelques mots avant de raccrocher.

Matteo et Glenn durent passer devant elle pour rejoindre la section Fiction.

– Puis-je vous aider dans vos recherches, jeunes gens?

– On regarde juste, répondit Matteo.

Il bifurqua dans l'allée suivante et ne s'arrêta que lorsqu'ils furent hors de sa vue.

– Et maintenant ? interrogea Glenn.

Matteo s'agenouilla et ouvrit la fermeture Éclair de son sac à dos. Mousse et Tic se précipitèrent dehors.

– Bon, commença Matteo, on a besoin de votre aide pour retrouver le grenier. Vous pouvez nous y emmener ?

Mousse et Tic eurent un mouvement de recul. Ils avaient réussi à s'évader du grenier grâce au sac à dos de Matteo et n'avaient visiblement aucune envie d'y retourner.

– S'il vous plaît, insista-t-il. Je sais que c'est dangereux, mais ici non plus on n'est pas en sécurité. C'est très important !

Mousse et Tic se mirent à remuer le museau, comme s'ils débattaient de la question. Mousse semblait partant, mais Tic avait besoin de se laisser convaincre. Soudain, ils partirent comme des flèches.

– Viens, dit Matteo à Glenn. Suivons-les !

Ils empruntèrent le même trajet que la dernière fois, vers les sections Romans policiers, puis Paranormal.

Les étagères s'élevaient de plus en plus haut au fur et à mesure qu'ils s'enfonçaient dans le labyrinthe. Les livres défilaient si vite qu'ils devenaient flous.

– T'es sûr que c'est par là ? demanda Glenn.

– Certain, affirma Matteo, qui avait repéré l'odeur de naphtaline. On y est presque !

Environ une minute plus tard, ils débouchèrent dans un cul-de-sac. Dans un recoin à peine visible, Matteo aperçut l'encadrement en bois qui conduisait au grenier. Mousse et Tic les attendaient au pied de l'escalier.

– Merci, les amis ! lança Matteo.

Il ouvrit son sac à dos, mais Mousse et Tic secouèrent la tête. Ils avaient accepté de lui montrer le chemin, mais il était hors de question qu'ils fassent un pas de plus.

– Très bien, dit Matteo. Attendez-nous ici, alors. On revient dans cinq minutes.

Glenn hésita.

– Tu veux que je reste avec eux ?

– Allez, courage !

Cette fois encore, il faillit perdre l'équilibre en passant le seuil. Il voulut mettre en garde Glenn, mais c'était trop tard : son ami trébucha et se retrouva sur les genoux.

– Qu'est-ce qu'il s'est passé ?

Matteo pensait connaître la réponse, mais il préféra la garder pour lui afin de ne pas effrayer Glenn. Ils gravirent l'escalier branlant. Une fois en haut, Matteo souleva le rideau en patchwork.

Assise à la table ronde, Karina lisait.

– Qu'est-ce que tu fais là ? s'exclama-t-elle, surprise. Et pourquoi il est avec toi ?

– On te cherchait...

Matteo s'assit sur une chaise à côté d'elle.

– Je connais ton secret, Karina. Il m'a fallu un peu de temps, mais ça y est, j'ai compris.

Il tendit la main vers son poignet et passa à travers.

– Tu es morte dans l'explosion, c'est ça ? Avec tes parents ?

– Vous n'auriez pas dû venir.

– On a besoin de ton aide !

Elle soupira d'un air triste.

– Vous avez foncé tête baissée dans son piège.

– Le piège de qui?

Le rideau se souleva de nouveau et M. Gouille apparut, bloquant la sortie.

– Ravi de vous voir, messieurs. Il me semble que vous avez en votre possession quelque chose qui m'appartient.

- 16 -

– Je savais que vous finiriez par revenir dans la maison du Maître, déclara le professeur à Matteo, après avoir obligé les garçons à s'asseoir à la table ronde avec Karina.

Matteo secoua la tête.

– Dans la maison du Maître... mais... je n'y suis jamais venu...

– Mais si, bien sûr ! Vous ne vous en souvenez pas ? Lorsque j'ai découvert ce rat mutant dans votre sac, vous m'avez dit l'avoir trouvé dans le grenier au-dessus de la bibliothèque... mais il n'y a pas de grenier au-dessus de la bibliothèque! Vous aviez donc forcément découvert un moyen de traverser.

Glenn était complètement dépassé.

– Traverser *quoi*?

– Nous sommes dans le grenier du manoir de Tillinghast, expliqua Karina. Je vivais ici en 1983. Et j'y vis toujours, j'imagine. Mes parents travaillaient comme scientifiques pour Crawford Tillinghast.

Elle regarda Gouille avec dégoût.

– Jusqu'à ce qu'ils découvrent la vraie nature de ses recherches.

– Vos parents étaient des lâches! déclara Gouille. Le Maître leur avait donné une chance de changer le monde!

– Mes parents voulaient aider l'humanité, pas la détruire! cria-t-elle en retour.

Gouille haussa les épaules.

– De toute façon, c'est du passé. Leur âme appartient maintenant au Maître. Comme la vôtre, ajouta-t-il en direction des garçons. Vous ne reviendrez jamais au collège Lovecraft, pas plus que votre petit copain polycéphale. Donnez-moi votre sac à dos.

Matteo détacha son sac de ses épaules et le lança à travers la pièce, sachant que Gouille n'y trouverait rien d'autre que ses cahiers. Le professeur fouilla scrupuleusement chacune des poches.

– Voilà qui est étrange, lâcha-t-il. Je suis sûr de sentir l'odeur d'un rongeur...

Il avança jusqu'au rideau en patchwork et huma l'air.

– Votre rat a insisté pour vous attendre à l'extérieur, n'est-ce pas? Il a eu peur de traverser avec vous...

Matteo garda le silence. Il ne voulait pas que Gouille sache qu'il avait deviné juste, que Mousse et Tic étaient restés au pied de l'escalier, à la vue de tous.

– Eh bien, je vais aller les chercher, dit Gouille. Surtout, vous ne bougez pas. Je serai vite de retour.

Dès que Gouille eut disparu derrière le rideau, Matteo se tourna vers Karina et chuchota :

– Ne t'inquiète pas. Dans deux minutes, on fiche le camp !

Elle ne bougea pas.

– Ça ne sert à rien.

– Qu'est-ce que tu veux dire ? On ne va pas l'attendre ici, quand même...

– C'est clair, déclara Glenn en se levant. Moi, je ne reste pas une seconde de plus.

Il traversa la pièce, souleva le rideau en patchwork et faillit se cogner contre un mur de briques.

– Où est l'escalier ?

– Il l'a emporté, expliqua Karina. Il peut le faire apparaître et disparaître à volonté. C'est pour ça que vous ne m'avez pas vue depuis lundi soir. Il me gardait prisonnière ici. Maintenant, on est tous prisonniers.

Matteo parcourut le grenier à la recherche d'une fenêtre, d'un conduit, d'une ouverture quelconque. Il dénicha une vieille torche et balaya les murs de son pâle faisceau. Presque tout l'espace était occupé par des bibliothèques et des livres. Mais, dans un coin, il remarqua une pile de vieilles couvertures, un oreiller et quelques petites photos dans des cadres. Il réalisa qu'ils se trouvaient dans la chambre d'une jeune fille. Une chambre coupée du reste du monde.

Glenn pianota sur la table.

– Écoute, Karina, j'ai besoin que tu reprennes tout depuis le début. Si, là, on est au manoir de Tillinghast, où est le collège Lovecraft ?

– Tout autour de nous. Ou plutôt c'est nous qui sommes autour de lui. C'était le plan de Tillinghast : créer une dimension parallèle où il régnerait pour l'éternité.

– Plus lentement, dit Glenn. Je suis déjà largué. Je croyais que t'étais morte dans une explosion...

Karina secoua la tête.

– Quand le labo a explosé, on n'est pas vraiment morts. On a juste quitté votre dimension pour basculer dans une autre.

Une étincelle de colère brilla dans ses yeux.

– Depuis, mes parents et moi sommes les otages de Tillinghast. On est condamnés à l'aider à lever son armée de monstres et de démons. Dans cette dimension, sa maison n'a jamais été détruite. On est toujours en 1983.

Glenn pressa les mains contre ses tempes, comme s'il voulait empêcher son cerveau d'exploser.

– Mais, dans *ma* dimension, sa maison a été détruite et transformée en collège...

Karina acquiesça :

– Voilà. C'est ce qui prête à confusion. Dans le processus de transformation, des trous se sont formés entre les deux dimensions. Je les appelle des portails. Ce sont des lieux qui permettent de passer d'un monde à l'autre. On en trouve un peu partout dans le manoir et dans le collège.

Elle leur expliqua alors que le véritable M. Gouille était un vieux monsieur, vénérable professeur de sciences tombé dans un portail par hasard. Son âme était à présent prisonnière du manoir, tandis que son corps servait de déguisement à Azaroth, un démon à la solde de Tillinghast.

– Un démon? répéta Glenn. Un vrai monstre?

– Exactement. Chaque fois que quelqu'un traverse accidentellement un portail, son âme est capturée et un des monstres de Tillinghast prend son identité. C'est ainsi qu'il remplace les gens du collège un par un. Et vous êtes les prochains sur la liste.

– Hein? protesta Glenn. Un monstre va se servir de mon corps comme d'un vulgaire masque en latex?

– C'est à peu près ça, confirma-t-elle.

– Et qu'est-ce qui va m'arriver, à moi?

– Ton âme va rester prisonnière ici. Avec celle de Gouille et des autres, pour l'éternité.

Du point de vue de Matteo, rester prisonnier pour l'éternité n'était pas le pire. Et de loin. Le pire, c'était d'imaginer qu'aujourd'hui même une personne qui lui ressemblerait trait pour trait – mais ne serait pas lui – rentrerait dans sa maison, parlerait à sa mère et dormirait dans sa chambre. Il y aurait un monstre sous son propre toit et sa mère ne soupçonnerait rien.

Glenn désigna la porte barricadée, à l'autre bout de la pièce.

– Et si on arrachait ces planches?

– Mauvaise idée, rétorqua Karina.

– Pourquoi?

– D'abord, ça ne va pas dans la bonne direction. Cette porte mène au cœur du manoir.

– D'accord, mais tu as dit qu'il y avait d'autres portails dans le manoir. Il suffirait d'en trouver un... et on retournerait au collège.

– C'est que... il y a... des *choses* de l'autre côté de cette porte. Des choses qu'il vaut mieux ne pas rencontrer.

– Quel genre de choses?

Karina se fit silencieuse. Elle qui venait de leur exposer des complexes, elle semblait à court de mots pour décrire ces créatures. Comme s'il n'en existait pas d'assez horribles.

– Des choses qui volent? demanda Glenn. Des choses qui crachent du feu?

– Des choses grandes comment ? insista Matteo. Trois mètres ? Quatre mètres ?

Karina secoua la tête. La tête baissée, elle regardait ses mains. Lorsqu'elle éleva de nouveau la voix, celle-ci était à peine audible.

– Des araignées.

Matteo se mit à rire.

– Des *araignées*, tu dis ?

– Ce n'est pas drôle.

– Karina, ne le prends pas mal, mais tu es un fantôme. Ce sont elles qui devraient avoir peur de toi !

– Il y en a beaucoup, Matteo. Tillinghast sait que je suis arachnophobe !

– Alors il faut y aller, l'encouragea Matteo. Quand on a peur de quelque chose, il faut l'affronter ! Tu te souviens, c'est le conseil que tu m'avais donné !

– Oui, dit Karina, mais c'est plus facile à dire qu'à faire.

Ils prirent le temps de réfléchir à leur situation. Ce fut Glenn qui rompit le silence :

– On a le choix entre attendre Gouille ou écrabouiller quelques bestioles...

Il posa ses rangers pointure 46 sur la table.

– ... et j'ai de très grands pieds.

- 17 -

Après avoir trouvé un vieux marteau dans un coin du grenier, Glenn se mit rapidement à la tâche. Les clous couinèrent quand il les arracha, comme pour le prévenir qu'il commettait une grave erreur. La première planche tomba bruyamment sur le sol, puis la deuxième. Glenn en avait presque fini avec la troisième lorsqu'il s'interrompit.

– À quoi ça ressemble, un portail ?

– Imagine un tourbillon noir qui flotte dans les airs, répondit Karina. Il suffit de plonger dedans.

– Et si les monstres nous suivent ?

– Tillinghast a des règles très strictes. Aucun n'a le droit d'entrer dans votre dimension sans déguisement, sous peine de mourir.

– On parlera plus tard, les pressa Matteo. Dépêchons-nous avant qu'Azaroth revienne.

Glenn arracha la dernière planche.

– Bon. Tout le monde est prêt ?

Matteo tourna la poignée et tira. La porte s'ouvrit en grinçant. D'énormes amas de toiles d'araignée étaient accrochés au dos. Il pointa sa torche dans l'obscurité. L'escalier étroit qui s'enfonçait dans les ténèbres paraissait recouvert d'un voile de fine soie blanche. Matteo posa le pied sur la première marche pour tester la solidité de la toile.

– C'est collant ? s'enquit Glenn.

– Non, ça va. Allons-y !

Ils avancèrent en file indienne : d'abord Matteo, puis Karina, puis Glenn. C'était comme descendre un escalier en barbe à papa. Matteo gardait les bras serrés contre son corps pour éviter de toucher la toile. D'étranges paquets, entortillés dans la soie, remuaient sur son passage.

– Ce sont des sacs d'œufs, chuchota Karina. Les femelles araignées peuvent en pondre jusqu'à trois mille à la fois.

Matteo se demanda où se cachaient les araignées adultes. Il n'en voyait pas une seule, mais il n'insista pas. Inutile d'effrayer Karina. Il garda la torche dirigée vers les marches.

En bas de l'escalier, ils se retrouvèrent devant un long couloir. Des portes se faisaient face tous les six mètres environ, alternant avec des appliques lumineuses. Ils auraient pu se croire dans un vieil hôtel chic – abstraction faite des toiles d'araignée qui couvraient le sol, comme une fine couche de brouillard.

Matteo éteignit sa torche.

– Bon, j'imagine que le pire est derrière nous, dit Glenn, époussetant quelques fils accrochés à ses vêtements. C'était pas si terrible que ça...

– C'est vrai, reconnut Karina, prenant une inspiration profonde. Je suis désolée d'avoir fait tant d'histoires...

– Ne t'en fais pas, la rassura Matteo. Maintenant, comment on va trouver un portail ?

– On est au troisième étage du manoir de Tillinghast, expliqua Karina. Ces portes ouvrent sur des chambres d'invités et des salles de bains. Il peut y avoir un portail dans n'importe laquelle de ces pièces. Le problème, c'est qu'il peut aussi y avoir tout autre chose...

Glenn consulta Matteo du regard.

– Qui se lance en premier ? Toi ou moi ?

Matteo tourna la poignée de la porte la plus proche. La chambre, tapissée d'une couche de poussière et de toiles d'araignée, était meublée d'un grand lit à baldaquin, d'une commode et d'une coiffeuse. Il entra et examina la pièce, à l'affût du moindre mouvement.

– C'est vide, annonça-t-il. Rien à signaler.

– Pas de portail ? demanda Glenn.

– Non.

Une goutte lui tomba dans le cou, lui rappelant les bonbons à moitié mâchouillés dont Glenn l'avait bombardé le premier jour. Il voulut l'essuyer et se retrouva avec un mucus vert et visqueux sur les doigts.

– Euh... Matteo ? appela Karina depuis le couloir. Je pense que tu ferais mieux de partir...

Il revint sur ses pas. D'autres gouttes s'écrasèrent sur son bras. Il se dévissa le cou pour regarder le plafond... et le plafond le regarda en retour ! Il était recouvert d'une gelée verte tremblotante, tachetée de dizaines d'yeux, qui commençait à se décoller... Matteo courut vers la porte et la claqua derrière lui.

– C'est la dernière porte que j'ouvre !

Glenn s'apprêtait à entrer à son tour, mais Matteo l'entraîna en avant.

– Essaies-en une autre. Il faut qu'on trouve ce portail.

Glenn poussa la porte suivante. Matteo ne vit pas ce que la pièce contenait, mais il vit le visage de son ami perdre ses couleurs. Il n'eut aucune envie d'en savoir plus.

Glenn referma la porte.

– Faut pas compter sur moi non plus, chuchota-t-il. Suivons plutôt le couloir...

Quinze mètres plus loin, ils bifurquèrent sur la gauche et découvrirent une nouvelle rangée de portes et un nouveau tapis de toiles d'araignée.

Tout au bout flottait un tourbillon noir, semblable à celui qui était apparu dans le casier de Matteo.

– C'est ça ! s'exclama Karina. C'est un portail !

– Parfait, déclara Glenn. Allons-y !

Mais Matteo s'aperçut qu'il devenait difficile d'avancer. Comme si ses jambes pesaient de plus en plus lourd.

– Vous ressentez la même chose que moi ?

Le simple fait de poser un pied devant l'autre lui demandait d'énormes efforts.

– C'est comme si la gravité me tirait vers le bas...

Glenn tenta lui aussi de soulever un pied. Les fils d'araignée restèrent solidement accrochés sous sa semelle... Il ne parvint à le décoller que de quelques centimètres.

– Ce n'est pas la gravité, ce sont ces toiles ! Elles sont collantes, ici.

Glenn essaya de détacher les fils de sa chaussure, mais ils se fixèrent alors à sa main, s'étirant comme du caramel. Il était complètement englué.

– Aidez-moi à enlever tout ça, OK ?

Mais Matteo était coincé lui aussi. Les fils adhéraient partout – à ses vêtements, à sa peau, à ses tennis. Plus il tentait de se dégager, moins il pouvait bouger.

Karina était la seule à ne pas être entravée. Soudain, elle jeta un regard nerveux derrière eux.

– Heu, les garçons... ?

Matteo se retourna. De l'autre côté du couloir, une ombre grandissait sur les murs et le plafond. Sur le sol, une immense silhouette noire avançait d'un pas lourd : six yeux furieux, un abdomen hérissé de pointes et huit pattes aux extrémités aussi effilées que des lames. Il fallut un peu de temps à Matteo pour réaliser que ce monstre était une araignée. Et que l'ombre était constituée de milliers de bébés araignées qui suivaient leur mère pour le repas du soir.

– Qu'est-ce que c'est que ça? hurla Glenn.

– Je vous avais prévenus! protesta Karina.

– Tu nous as parlé d'araignées terrifiantes, pas d'araignées géantes!

– C'est quoi, la différence?

Matteo jeta un œil au portail. Il se trouvait à deux mètres à peine. Mais il aurait tout aussi bien pu être à deux kilomètres. Il était coincé. Désespérément coincé.

– Tire-moi de là! dit-il à Karina.

– Je ne peux pas.

Elle voulut lui attraper les poignets, mais ses mains passèrent à travers.

– J'aimerais vraiment t'aider, Matteo, mais je ne peux pas!

Peu à peu, centimètre par centimètre, Glenn avait réussi à se frayer un passage jusqu'à Matteo. Il se baissa et arracha le pied de son ami à l'emprise des fils. Matteo fit un pas hésitant.

– Dépêchez-vous! cria Karina.

– Retarde-les! lui cria Matteo en retour.

– Comment tu veux que je fasse un truc pareil? Je ne peux pas les toucher!

– Et elles ne peuvent pas te toucher non plus, Karina. Souviens-t'en! Trouve quelque chose!

Glenn se rapprocha du portail, entraînant Matteo avec lui. Ils étaient à présent entourés de bébés araignées, qui tapissaient entièrement les murs et le plafond. Il y en avait des milliers. Certains étaient aussi petits qu'une pièce de cinq centimes, d'autres, plus gros que le poing de Matteo. Tous semblaient prêts à bondir des murs et à les assaillir.

Karina se campa devant la mère, qui avançait lentement sur sa toile, sachant d'instinct quels fils seraient assez solides pour supporter son poids.

– Halte! ordonna Karina.

La mère siffla. Karina poussa un cri. L'araignée se cabra alors sur ses pattes postérieures et attaqua avec les antérieures. Karina puisa au plus profond d'elle-même le courage de ne pas fuir. Les pattes la traversèrent. Agacé de ne pas réussir à la blesser, l'animal se mit alors à cracher.

Karina comprit trop tard que c'était un signal. D'un coup, tous les bébés bondirent des murs et du plafond. Des centaines d'araignées s'abattirent sur son visage et sur ses cheveux, sur son corps qui était là sans y être. Elle ferma les yeux et hurla.

Soudain, elle entendit une voix qui l'appelait :

– Karina ! Viens vite !

Elle rouvrit les yeux. Matteo et Glenn se tenaient debout près du portail. Elle courut les rejoindre et, d'un bond, ils sautèrent tous trois dans le tourbillon.

Matteo sentit qu'il tombait et, lorsqu'il atterrit, il se retrouva face à un crâne qui souriait. Il lâcha un cri.

Il lui fallut un peu de temps pour comprendre qu'il n'était plus au manoir de Tillinghast, mais dans la classe de Gouille, en compagnie de Glenn et Karina. Le portail les avait éjectés à travers le tableau, avant de disparaître, comme l'eau dans une canalisation, laissant dans son sillage une trace de givre blanc.

– On a réussi ! On est sortis !

– Vous avez vu cette araignée ? demanda Karina. Comme elle était grosse ?

– Tu as été incroyable ! s'exclama Matteo. Je n'ai jamais vu personne d'aussi courageux. Tu nous as sauvé la vie !

Des applaudissements retentirent au centre de la salle.

– Oui, oui, bravo !

Tous trois levèrent la tête et découvrirent Azaroth assis sur l'un des pupitres.

– Magnifique ! Vous avez réussi à échapper à une poignée de bébés invertébrés. Mais voyons un peu comment vous allez vous en sortir avec moi !

Il se mit debout. L'homme qui leur faisait face n'avait plus guère de points communs avec le vieux professeur. Il était plus large, plus grand, plus musclé. Deux longues cornes lui sortaient du crâne. Son visage rouge brique paraissait brûlé par le soleil ; ses oreilles étaient longues et pointues, comme celles d'une chauve-souris.

Matteo se jeta sur la porte, mais elle était fermée. Il glissa un regard dans le couloir : désert.

Où est passé tout le monde ?

Il se rappela soudain l'assemblée exceptionnelle qui se tenait en ce moment. Élèves et professeurs étaient réunis dans l'auditorium du rez-de-chaussée, dans l'aile opposée du bâtiment.

Azaroth longea la rangée de fenêtres et baissa les stores pour ne pas avoir de témoin.

– Croyez-vous que mon sort soit enviable ? Prisonnier d'un costume de chair humaine puante. Obligé d'ingurgiter votre infecte nourriture humaine. D'enseigner à des stupides enfants humains à longueur de journée. Nous faisons tous des sacrifices pour le bien suprême. C'est ce que le Maître exige de nous. Mais quel soulagement de pouvoir tomber le masque et simplement... respirer !

Tout en disant ces mots, Azaroth se débarrassa du reste de son déguisement, déchiquetant sa veste et sa cravate avec ses griffes aiguisées. Deux grandes ailes membraneuses jaillirent dans son dos, dégoulinantes d'un mucus brillant.

– Ouvrez grand les yeux, les enfants ! Me voici tel que les Grands Anciens m'ont créé !

– Vous n'avez pas le droit ! cria Karina. Si jamais Tillinghast l'apprend...

– Silence !

Il racla le tableau de ses griffes pointues, dans un crissement qui transperça Matteo jusqu'à l'os.

– Personne ne peut nous voir, petite ! Le portail a été scellé !

D'un regard, Matteo appela Glenn au secours. Mais celui-ci était visiblement dépassé par la situation. Il se tenait accroupi dans un coin de la classe, la tête entre les mains, et marmonnait tout seul.

– Avant de vous conduire auprès du Maître, je veux vous montrer quelque chose, déclara Azaroth, traversant la salle d'un pas lourd.

Une longue queue rouge se balançait entre ses jambes, heurtant les pupitres et les chaises. Il arracha le couvercle d'un des vivariums et attrapa Mousse et Tic par la queue.

– J'ai trouvé tes petits amis, Matteo ! Et le Maître m'en a fait cadeau !

Il déplia ses ailes luisantes, qui tremblaient d'excitation et répandaient du mucus gluant partout dans la salle. Azaroth brandit Mousse et Tic au-dessus de sa tête. Les rats agitèrent leurs pattes minuscules en guise de protestation. La mâchoire d'Azaroth émit un craquement sinistre et se décrocha comme la bouche d'une poupée de ventriloque.

– Non ! hurla Matteo.

Il se rua vers Azaroth, mais il était trop petit et trop lent. Le démon fit claquer sa queue comme un fouet. Elle atteignit Matteo en pleine poitrine et le projeta sur le sol. Il s'écroula près de Glenn, qui continuait à marmonner dans sa barbe. Il semblait avoir perdu l'esprit.

Soudain, Matteo comprit qu'il ne marmonnait pas. Il *récitait.*

– Kyaloh yog-sothoth f'ah !

Kyaloh yog-sothoth f'ah !

Kyaloh yog-sothoth f'ah !

C'était le sortilège du livre relié en cuir ! Glenn récitait les mots de mémoire, les yeux plissés, les poings serrés, concentré.

– Regardez ! Là ! cria Karina.

Matteo se tourna juste à temps pour apercevoir un énorme tentacule se déployer dans la salle, suivi d'un deuxième, puis d'un troisième. Surgis du portail que Glenn avait ouvert dans le tableau, ils s'enroulèrent autour de la taille d'Azaroth.

– Qu'est-ce qui se passe ? Lâchez-moi !

Mousse et Tic en profitèrent pour s'arracher à son étreinte et se réfugièrent dans un coin. Le démon empoigna les tentacules à pleines mains, mais il n'était pas assez fort pour leur résister.

– Au nom du Maître, j'insiste pour que vous me laissiez !

Les tentacules continuaient à jaillir du portail, toujours plus nombreux, et agrippaient Azaroth par les bras, les jambes et le cou. Il se retrouva pris en étau.

– Ce n'est pas juste ! beugla le monstre. Je n'ai quitté ma peau d'homme qu'une minute ! Une toute petite minute !

Les tentacules restèrent sourds à ses plaintes.

Ils se rétractèrent dans le portail, emportant Azaroth avec eux.

– Nooooon !

Ses cornes furent les dernières à être englouties par le tourbillon noir d'encre.

Le portail ne subsista que quelques instants avant de se refermer et de disparaître.

Matteo se précipita vers Glenn et l'aida à se relever.

– Tu te sens comment ?

– Ça va, répondit Glenn. Il est parti ?

– Comment t'as réussi à faire un truc pareil ?

Glenn le regarda d'un air hébété.

– Matteo, je te l'ai dit des centaines de fois. J'ai une super bonne mémoire.

- 18 -

Le lendemain midi, Matteo, Glenn et Karina se retrouvèrent pour déjeuner à la cafétéria. C'était une belle journée, le soleil pénétrait à flots par les fenêtres.

Autour d'eux, des centaines de 6e et de 5e mangeaient leur pizza, leur hot-dog ou leurs frites, sans se douter un seul instant qu'un monde étrange, à la fois proche et inaccessible, cohabitait avec le leur. La cafétéria résonnait de leurs rires et de leurs bavardages. C'était un jeudi ordinaire au collège Lovecraft.

Glenn brandit un sac de bonbons en forme de vers sous le nez de Matteo.

– T'en veux?

– Ouaip.

Il en prit deux et les glissa dans son sac à dos, où Mousse et Tic se partageaient déjà un panini au fromage.

– Je voulais vous demander un truc..., reprit Glenn. À votre avis, pourquoi Azaroth tenait-il autant à Mousse et à Tic?

– Parce qu'ils sont géniaux, affirma Matteo, plongeant la main dans le sac et les grattant derrière les oreilles.

Les rats ne quittaient pas Matteo d'une semelle. Le jour, ils l'accompagnaient au collège et, la nuit, ils dormaient sous son lit. De véritables gardes du corps.

Glenn se tourna vers Karina.

– Et le vrai M. Gouille? Il est toujours prisonnier du manoir?

– Oui.

– Il ne pourra jamais revenir?

Elle secoua la tête.

– Non, c'est impossible. À moins de vaincre Crawford Tillinghast. Ce qui est une autre façon de dire que c'est impossible...

Matteo n'en était pas certain. Trois semaines plus tôt, il aurait juré que parler à un fantôme était impossible. Qu'un rat à deux têtes était impossible. Qu'être ami avec Glenn Torkells était impossible.

Ce que Matteo avait appris pendant ces trois semaines, c'est que *rien* n'était impossible.

– Il suffit peut-être d'oser l'affronter, dit Matteo en souriant à Karina. Raconte-nous tout ce que tu sais sur ce type...

– Non, mais je rêve! s'exclama Glenn. Hier, on a failli se faire dévorer vivants par des milliers de bébés araignées et, aujourd'hui, vous parlez de forcer un portail et de vous attaquer à Tillinghast? On ne pourrait pas se reposer un peu et faire des trucs normaux, pour changer? Genre aller en cours, apprendre nos leçons, se faire coller?

Matteo sourit.

– Pas de problème. Pendant un mois, on redevient des collégiens normaux. On ne passe pas de portail, on n'espionne pas les profs, on ne se perd pas à la bibliothèque...

– Et on ne se bat pas contre des tentacules, ajouta Karina.

– Merci, dit Glenn.

Ils éclatèrent de rire en chœur.

Malgré tout ce qui était arrivé, Matteo ne s'était jamais senti aussi détendu et heureux. Certes, il ne serait jamais comme les héros de ses livres préférés, qui pouvaient se sortir de n'importe quelle situation grâce à leurs super pouvoirs. Mais ce n'était pas grave. Il avait commencé l'année sans un seul ami, et maintenant il en avait trois – ou quatre, si Mousse et Tic comptaient pour deux.

Quoi qu'il advienne au collège Lovecraft, il n'aurait pas à y faire face seul.

Ses pensées furent interrompues par le grésillement d'un micro. La principale, Mme Slater, venait de monter sur l'estrade, à l'autre bout de la cafétéria.

– Bonjour, tout le monde, commença-t-elle. Puis-je avoir le silence quelques minutes ? J'ai des nouvelles importantes à vous annoncer.

Elle ajusta le micro, s'éclaircit la gorge, et reprit :

– Tout d'abord, je dois vous faire part de la démission d'un de nos professeurs, M. Garfield Gouille. Il enseignait à Dunwich depuis presque trente ans et il nous manquera beaucoup. J'imagine que ce départ vous surprendra tous, mais je n'ai guère d'explications à vous donner. J'ai trouvé sa lettre de démission sur mon bureau ce matin et j'avoue que je ne comprends pas très bien sa décision. Néanmoins, j'espère que vous vous joindrez à moi pour souhaiter le meilleur à M. Gouille.

Il y eut quelques applaudissements polis.

– À présent, la bonne nouvelle, continua Mme Slater. J'ai l'immense plaisir de vous annoncer que Sarah et Sylvia Price sont enfin rentrées chez elles hier soir ! Elles sont saines et sauves, il n'y a donc plus lieu de s'inquiéter. Merci de les accueillir chaleureusement !

Sarah et Sylvia montèrent sur l'estrade dans un tonnerre d'applaudissements. Les jumelles ressemblaient en tous points au souvenir que Matteo avait gardé d'elle. Elles sourirent et saluèrent de la main.

– Vous devez avoir une foule de questions, reprit Mme Slater, mais je vous demande de respecter la vie privée de Sarah et de Sylvia. Elles parleront lorsqu'elles se sentiront prêtes.

Elle se tourna vers les deux filles.

– Voulez-vous dire un mot à vos camarades ?

Sarah prit le micro et déclara :

– C'est super d'être de retour au collège Lovecraft. Mais nous ne devons pas oublier que rien n'arrive jamais sans raison.

Elle passa le micro à sa sœur.

– C'est tout à fait vrai, renchérit Sylvia. Il y a dans ce monde des forces qui nous dépassent. Il est vain de vouloir questionner la sagesse des Grands Anciens.

La principale sourit d'un air contraint.

– Euh... c'est cela. Je ne suis pas sûre de bien comprendre ce que vous voulez dire, mais c'est formidable que vous soyez de retour parmi nous. On applaudit bien fort Sarah et Sylvia Price!

Les cris et les applaudissements fusèrent. Les jumelles saluèrent de nouveau, sourirent, puis se mêlèrent à la foule avec leurs plateaux-repas. Beaucoup s'écartaient pour leur céder le passage ou les invitaient à se joindre à eux, mais Sarah et Sylvia ne leur prêtaient aucune attention. Elles traversèrent toute la salle sans un regard autour d'elles. Elles semblaient savoir exactement où elles allaient.

– Dites-moi que je rêve, marmonna Glenn.

– Tu ne rêves pas, rétorqua Karina, un sourire aux lèvres.

– Ça va être difficile de rester des collégiens normaux..., soupira Matteo.

Sarah et Sylvia arrivèrent enfin devant la table où il déjeunait avec ses nouveaux amis.

Elles désignèrent d'un même geste les chaises vacantes et demandèrent :

– On peut s'asseoir?

MONSTRUEUX REMERCIEMENTS

Dooggie Horner, John McGurk, Ron Fladwood, Jane Morley, Jason Heller, Jennifer Jackson, Mariah Fredericks, Steve Hockensmith, Jen Adams, Nicole De Jackmo, Eric Smith, David Borgenicht, Brett Cohen, Moneka Hewlett, Mary Ellen Wilson, Julie Scott and Mary Flack.

Cet ouvrage a été mis en pages
par DV Arts Graphiques à La Rochelle

Impression réalisée par Toppan

Imprimé en Chine